Mortimer M. Müller

Einöde 12

Endzeit

AF186964

Nach dem Horror in der Seilbahnkabine in Kitzbühel und den dramatischen Ereignissen auf Teneriffa finden die Überlebenden allmählich
in ihren Alltag zurück. Auch die Polizei schließt den Fall ab, sind doch
beide Gewaltverbrecher getötet worden.

Aber das Böse schläft nicht. Etwas hat überlebt – und verlangt nach
grausamer Vergeltung. Im Schatten des Teide auf Teneriffa laufen die
Vorbereitungen für den ultimativen Rachefeldzug. Während der Mörder seine Pläne schmiedet und die ahnungslosen Opfer in seinen Bann
zieht, gerät der Planet in Aufruhr. Das Böse hat die Urgewalt des Feuers geweckt und in seinem Toben mehren sich die Anzeichen, dass der
Menschheit eine Katastrophe bevorsteht …

EINÖDE 12 – ENDZEIT ist nach KABINE 14 und 13 GEBOTE der dritte
Teil der Zahlentriller-Reihe. Der vierte und letzte Band erscheint voraussichtlich Ende 2017.

Mortimer M. Müller schreibt seit seiner Jugend
Lyrik, Kurzgeschichten und Romane in den
Genres Thriller, Fantastik, Unterhaltung und
Satire. Daneben ist er begeisterter Sportler,
Waldliebhaber, Sonnenanbeter und in den
kreativen Bereichen Gesang und Fotografie
aktiv. Er arbeitet und studiert an der Universi-
tät für Bodenkultur in Wien.

Sein Kitzbühel-Thriller KABINE 14 wurde für den Friedrich-Glauser-
Preis 2014, Sparte Debütroman, nominiert.

Mehr Informationen finden Sie unter:
http://blog.mortimer-mueller.at

Weitere Romane des Autors sind in Vorbereitung.

MORTIMER M. MÜLLER

EINÖDE 12

Endzeit

THRILLER

Bibliografische Information der Deutschen Nationalbibliothek:

Die Deutsche Nationalbibliothek verzeichnet diese Publikation in der Deutschen Nationalbibliografie; detaillierte bibliografische Daten sind im Internet über http://dnb.dnb.de abrufbar.

1. Auflage
© 2017 Mortimer M. Müller
Covergestaltung, Satz, Layout: Mortimer M. Müller
weitere Mitwirkende: Sandra und Doris Almstädter
Autorenfoto: Carsten Neff

Herstellung und Verlag:
BoD - Books on Demand, Norderstedt
ISBN: 9783744834582

www.mortimer-mueller.at

meiner Großmutter Eva

die dafür gesorgt hat
dass ich mich (meistens) anständig benehme

HAUPTPERSONEN

Josef	*Briefträger in Saalfelden, Salzburg*
Trude	*seine Frau*
Ferdinand	*Architekt aus Wien*
Lydia	*Ferdinands Schwester*
Julius	*Psychotherapeut, befreundet mit Ferdinand*
Raphael	*Doktorand aus München*
Sonja	*seine Frau, Studentin*
Emma	*Krankenpflegerin aus Südtirol*
Matteo	*ihr Ehemann, Chirurg*
Bernhard	*Kriminalkommissar aus Bayern, Sonjas Vater*
Gottfried	*Ehemaliger Polizeipräsident, Bernhards Vater*
Mathias	*Bayerischer Polizeivizepräsident*
Sandra	*sechzehnjährige Schülerin aus Hamburg*
Lorenz	*Abiturient aus Hamburg*
Lena	*Vulkanologin am Helmholtz-Zentrum Potsdam*
Patrick	*Vulkanologe, Lenas Arbeitskollege*
Rolf	*Seismologe in Potsdam*
Henry	*Wetterbeobachter aus Kanada*

Josef Schwarz rieb sich fröstelnd die Hände. Selbst für die mitten in den Alpen gelegene Kleinstadt Saalfelden war es heute ungewöhnlich kalt. Am Morgen hatte das Thermometer minus dreiundzwanzig Grad angezeigt. Die kälteste Nacht in diesem bislang mild verlaufenen Winter.

Josef war ein bekennender Gegner der Klimaerwärmungstheorie. Für ihn war klar, dass die nächste Eiszeit unmittelbar bevorstand. Daher hatte er sein Eigenheim mit Solarzellen, Erdwärme und zwei Windturbinen ausgestattet, sodass Strom und Heizung energieautark liefen. Im Keller bunkerte er Vorräte, mit denen er und seine Frau im Notfall ein Jahr lang auskommen würden, selbst wenn sie ihre Tochter, Großeltern, Onkeln und Tanten aufnehmen sollten. Außerdem besaß er den Jagdschein und hatte genug Munition bei der Hand, um jeder Eiszeit die Stirn zu bieten und eventuelle Plünderer abzuwehren.

Josef betrachtete die meterhohen Schneewände am Straßenrand. Im Zuge des Orkantiefs vor einer Woche war fast ein Meter Neuschnee gefallen. Was die Skigebiete freute, ließ seinen Job zur Schwerstarbeit werden. Josef war Briefträger und für die nordöstlichen, abgelegenen Ortsteile zuständig. Noch drei Tage nach dem Blizzard hatte er sich durch mannshohe Schneewechten zu den verstreut liegenden Gehöften an den Südhängen des Steinernen Meers durchgekämpft. An solchen Tagen vergingen keine fünf Minuten, in denen er sich nicht schwor, den Beruf zu wechseln. Aber bei der momentanen Situation am Arbeitsmarkt gab es nicht viele Alternativen. Er konnte nur das Abitur und ein abgebrochenes Forststudium vorweisen. Abgesehen davon war er Mitte fünfzig; auch das keine guten Voraussetzungen für einen Jobwechsel.

Josef trat zum Wagen und öffnete den Kofferraum. Der Ortsteil *Einöde* wurde seinem Namen durchaus gerecht. Immerhin hatte er den schlimmsten Teil seiner Tour bald überstanden. Er musste nur noch einen eingeschriebenen Brief zur Nummer zwölf ausliefern. Es war das letzte Haus am Ende der Straße, mehr als einen halben Kilometer vom nächsten Anwesen entfernt. In einem Talkessel gelegen und von dichten Wäldern umgeben, erweckte der nach späthistorischen Gesichtspunkten renovierte und mit unförmigen Anbauten versehene Gutshof den Eindruck eines kleinen, düsteren Schlosses. Selbst wenn man das Gebäude nur als Villa und Zweitwohnsitz eines reichen, exzentrischen Inhabers betrachtete, blieb unverständlich, weshalb die ehemals baufällige Anlage mit solchem Aufwand instand gesetzt worden war; vor allem hier, mitten in der wahrhaftigen Einöde.

Die Frage, wem das Gehöft sowie die umgebenden hundert Hektar Wald und Flur gehörten, war Bestandteil so mancher Wirtshausdiskussion. Die Person, die seit zehn Jahren im Grundbuch eingetragen war – ein gewisser Jonathan Weber –, hatte sich noch nie in der Stadt blicken lassen. Der junge Mann, der bei Verhandlungen oder Gemeindesitzungen als beeidigter Vertreter erschien, ließ niemals Hinweise auf seinen Auftraggeber fallen; zumindest wenn man den Aussagen des Bürgermeisters und der Gemeinderäte Glauben schenken konnte. Es wurde gemunkelt, dass zwischen dem Besitzer von Einöde zwölf und der Gemeindevertretung ein stilles, finanziell gestütztes Abkommen bestand, wonach die wahre Identität des Eigentümers geheim bleiben sollte.

Josef fuhr die schneebedeckte Straße entlang. Das Tal verengte sich immer mehr, bis der Weg von zwei emporragenden, mit knorrigen Kiefern und Fichten bewachsenen Steilhängen umschlossen war. Nach einer Linkskurve öffnete sich die Schlucht und die Straße querte einen kleinen Bach. Zweihundert Meter weiter flachten die Steilwände ab. Sie gaben den Blick auf eine Lichtung frei, hinter der die Ausläufer des Steinernen Meers rasch an Höhe gewannen und gemeinsam mit dem kreisförmig verlaufenden Felsgrat einen natürlichen Kessel formten. Die Straße endete vor dem Gutshof, der unmittelbar am Waldrand errichtet war.

Josef hielt an und stieg aus dem Wagen. Ihm fröstelte und er zog den Zipp seiner Jacke hoch. So malerisch die Lage des Hauses auch war, er fühlte sich immer unwohl, wenn er sich dem Gebäude näherte. Vielleicht lag das an der eigentümlichen Gestaltung des Anwesens und der Geheimniskrämerei um seinen Besitzer, vielleicht daran, dass Postsendungen nie persönlich entgegengenommen wurden. Oder es waren die zahlreichen dunklen Videokameras, deren tote Augen vom Dachfirst herabblickten wie ein Schwarm versteinerter Krähen.

Josef drückte den roten, von einer silbernen Dämonenfratze eingefassten Klingelknopf. Er läutete ein weiteres Mal, aber wie erwartet öffnete niemand. Wer immer der

Eigentümer des Gutshofs war, kam selten hierher; oder aber er wollte nicht, dass man von seiner Anwesenheit erfuhr.

Josef warf einen Blick zu den beiden geschlossenen Garagentoren. Es war vorstellbar, dass sich dahinter Fahrzeuge verbargen und ihn jemand durch ein Fenster beobachtete.

Ihm fröstelte erneut. Josef beeilte sich, den Abholschein auszufüllen, und warf ihn in den Postkasten. Als er zurück zum Wagen schritt, meinte er am Waldrand eine Bewegung auszumachen. Eine Sekunde lang war er sogar davon überzeugt, dass es sich um einen Menschen handelte; eine junge Frau mit langen, dunklen Haaren, die ihm einen schwermütigen Blick zuwarf.

Josef blinzelte und das Trugbild verschwand. Dort war nichts, nur das Weiß und Grün von Schnee, Wald und Einsamkeit.

Josef startete den Motor und ließ Einöde zwölf hinter sich.

Deutschland, München, Untergiesing-Harlaching
Montag, 15. Januar, 16:00 Uhr

»Hier sind wir wieder, meine Prinzessin«, sagte Raphael und öffnete die Tür der Wohnung.

»Prinzessin?« Sonja lächelte. »Als deine angetraute Ehefrau könntest du mich ruhig Königin nennen.«

»Völlig richtig. Also dann, meine Königin, darf ich Sie in dieses bescheidene Heim geleiten und Ihnen ein erbsenfreies Bett für den heutigen Schönheitsschlaf zur Verfügung stellen?«

»Solange du mich morgen in mein angestammtes Schloss bringst, kein Problem.«

»Ich werde mich bemühen. Aber alle deutschen Schlösser sind gerade ausgebucht.«

»Eine neue Bleibe wird vielleicht bald notwendig sein.«

»Du meinst aufgrund von Drillingen?«

»Gott behüte!« Sonja lachte, zog ihre Schuhe aus und ließ sich auf das Sofa fallen. »Ein einzelnes Kind wird schon eine Herausforderung.«

Raphael grinste, legte seine Krücke beiseite und humpelte zur Couch. »Wo du recht hast, hast du recht. Ich würde sagen, wir gehen es langsam an. Eins nach dem anderen. Sozusagen.«

Sonja nickte. »Aber es stimmt. Die Wohnung könnte bald zu klein werden. Na ja, mal sehen.« Sie seufzte, streckte die Beine aus und bettete sie auf die Lehne des Sofas. »Es tut mir leid, dass ich darauf bestanden habe, den Urlaub abzubrechen.«

»Du brauchst dich nicht zu rechtfertigen. Ich verstehe, dass du nicht länger auf Teneriffa bleiben wolltest.«

Raphael ließ sich neben Sonja nieder. Sie kuschelte sich an seine Brust.

»Es war mir einfach zu viel«, flüsterte sie. »Die Erlebnisse. Die Erinnerungen. Ich wollte nur noch weg, nach Hause, zurück in eine vertraute, beschützende Umgebung.«

»Ehrlich gesagt hat mich auch nicht mehr viel auf Teneriffa gehalten, und das nicht nur wegen der Schusswunde am Bein. Davon abgesehen ist die halbe Insel abgebrannt. Auf den Teide hätten wir nicht mehr fahren können. Dabei war das der Ort, den du auf jeden Fall besuchen wolltest.«

»Nach dem Waldbrand hatte ich keine Lust mehr dazu.«

Raphael strich durch Sonjas schulterlange Locken. »Ich bin die nächsten Tage im Krankenstand. Wir könnten uns daheim ein paar schöne Tage machen.«

»Einverstanden. Aber wir unternehmen auch etwas. Nicht, dass wir die Zeit nur im Bett verbringen.«

Raphael grinste. »Wir müssen uns doch um den Nachwuchs kümmern.«

»Das hat keine Eile. Außerdem nehme ich noch drei Tage die Pille.«

»Meine muskelbepackten Spermien finden einen Weg.«

»So dumm wie die sind, schwimmen sie im Kreis.«

»Frechheit.« Raphael begann Sonjas Nacken zu küssen. »Muss ich meine Männlichkeit unter Beweis stellen?«

»Nur zu.« Sonja lächelte und ließ sich zurücksinken. »Ich werde dich bewerten. Eins ist tollpatschiger Anfänger und zehn steht für Casanova.«

»Wenn das so ist, will ich zumindest neun Punkte.«

»Das schaffst du nie.«

»Abwarten. Ich hole jetzt das Kokosnussöl.«

»Gleich die schweren Geschütze? Ich bin gespannt.«

»Das will ich hoffen. An dieses Mal wirst du dich noch lange erinnern.«

Italien, Südtirol, Schlanders
Dienstag, 16. Januar, 17:00 Uhr

Emma saß in der Küche. Sie hatte die Zeitung aufgeschlagen, betrachtete die Fotos und Artikel, aber sie las nicht. Ihre Gedanken kreisten um die vergangenen zehn Tage. Zehn Tage, in denen sie einen Freund ebenso verloren hatte wie ihren Ehemann. Zehn Tage, in denen sie mehrmals fast ums Leben gekommen wäre. Zehn Tage, in denen sie neue Freundschaften geschlossen hatte und ihrem Engel begegnet war.

Emma fühlte sich einsam. Das lag nicht an Matteos Abwesenheit. Ihr Mann hatte oft genug Nachtdienste absolviert oder war auf mehrtägigen Kongressen gewesen. Es lag daran, dass er niemals wiederkommen würde. Auch wenn sie ihn letztendlich verabscheut, er nichts anderes als den Tod verdient hatte, war er der Mann an ihrer Seite gewesen. Jetzt war sie allein in ihrem großen Haus; eine frühpensionierte Krankenschwester, verwitwet und kinderlos.

Emma massierte ihr Knie. Die Strapazen der letzten Tage hatten es anschwellen lassen. Sonntagabend, als sie aus Teneriffa zurückgekehrt war, hatte sie sogar überlegt ins Krankenhaus zu fahren. Was sie davon abhielt, waren vor allem die gemischten Erfahrungen während ihres letzten Klinikaufenthalts.

Emma erhob sich und trat ins Bad. Im Spiegel betrachtete sie ihre gedrungene Gestalt, die Falten im Gesicht und ihre graubraunen Haare, die dringend eines Friseursalons bedurft hätten. Für einen Augenblick meinte sie, hinter sich eine zweite Silhouette zu erkennen – groß, weiß und geflügelt.

Emma lächelte. Gabriel war in ihrer Nähe. Aber seine Präsenz ließ nach. Emma spürte, dass er sich bald von ihr entfernen und andere Aufgaben wahrnehmen würde. Das ließ sie traurig werden, verstärkte ihre Einsamkeit. Die einseitigen Zwiegespräche mit ihrem Schutzengel hatten ihr geholfen das Geschehen zu verarbeiten. Sie brauchte jemanden zum Reden, benötigte einen Ansprechpartner, egal ob Mensch, Tier oder höheres Wesen. Andernfalls könnte die Düsternis von ihr Besitz ergreifen, ihr Verstand in einen tosenden Abgrund stürzen.

Entschlossen marschierte Emma ins Wohnzimmer und nahm das Schnurlostelefon zur Hand. Ihr Mobiltelefon hatte sie in Teneriffa entsorgt. Inzwischen wusste sie, dass die Dinger tödlich sein konnten und nur in den seltensten Fällen eine Hilfe waren.

»Hallo Julie? Hier spricht Emma.«

»Emma! Das ist aber schön von dir zu hören. Geht es dir gut? Hast du die nervenaufreibende Gondelfahrt in Kitzbühel verdaut?«

»Wie man's nimmt. Es gibt viel zu erzählen. Habt ihr in den nächsten Tagen Zeit und Lust vorbeizukommen?«

»Gern. Wie wäre es mit Freitag?«

»Passt gut. Zu Mittag?«

»Einverstanden. Wir freuen uns. Und liebe Grüße an Matteo.«

Emma ahnte, dass sie Julie und François die Wahrheit sagen musste. Sie würde über das sprechen, was geschehen war, allerdings in einer entschärften Version. Ihre Erinnerungen mochten dennoch zurückkehren. Das war auch gut so. Nur durch ein stetes Aufarbeiten konnte sie verhindern, dass sie wurde wie Matteo – völlig wahnsinnig.

Wien, Hernals
Mittwoch, 17. Januar, 10:30 Uhr

»Schau mal, Papa, was ich kann!«

Moritz streckte die Arme über seinen Kopf, beugte sich nach vorn und ging in einen Handstand. Ein paar Sekunden stand er etwas wacklig, doch dann stabilisierte sich sein Körper und er begann mit seinen Händen über den Boden zu gehen. Nach zwei, drei Metern ließ sich Moritz in die Hocke fallen und erhob sich. Sein Antlitz war rot wie eine Tomate, aber er grinste über das ganze Gesicht.

»Super, Moritz!«, sagte Ferdinand, richtete sich im Sofa auf und klatschte Beifall. »Das ist toll.«

»Lydia hat's mir gezeigt«, ereiferte sich der Zehnjährige. »Als sie jünger war, konnte sie fünf Minuten einen Handstand machen.«

»Das schaffst du auch, ganz bestimmt.«

»Wenn ich groß bin, gehe ich zum Zirkus.«

»Dann musst du aber fleißig üben.«

»Das werde ich, jeden Tag!«

Ferdinand lächelte. Der Verlust seiner Mutter hielt Moritz nicht länger in stiller Traurigkeit gefangen. Stattdessen hatte er eine neue Beschäftigung, ein neues Ziel gefunden. Auch Samuel, der zwei Jahre älter war, ging es besser. Heute Morgen hatte er seinem Vater mit rosigen Wangen berichtet, dass er allein mit Lydias Hund spazieren gewesen war.

Ferdinand wünschte sich, seine Frau Doris hätte erleben können, wie die beiden aufblühten; und seine Tochter Samantha wäre in die Erfahrung des Erwachsenseins gekommen. Unwillkürlich ballte er die Hände zu Fäusten.

Nein, dachte er grimmig. *Ich darf meinem schlechten Gewissen nicht mehr Raum gönnen, als unbedingt nötig.*

Ferdinand erhob sich von der Couch und marschierte ins Bad. Fast eine Minute lang schaufelte er sich kaltes Wasser ins Gesicht. Er blinzelte, blickte in den Spiegel. Was er sah, verwunderte ihn nicht: ein fahles, eingefallenes Männergesicht mit tiefen, dunklen Ringen unter den Augen. Ferdinand war schon immer eine dünne, asketische Erscheinung gewesen. Aber seit dem Beginn der Ereignisse vor wenigen Wochen hatte er bestimmt drei, vier Kilo abgenommen. Er stellte fest, dass er nicht länger wie Mitte dreißig aussah. Sein Antlitz und seine gebeugte Gestalt ließen ihn eher wie Ende vierzig erscheinen – dabei hatte er die Vierzig erst vor wenigen Wochen hinter sich gelassen. Ferdinand besah sich sein Haupthaar. Es war dunkelbraun und voll, mit einigen weißen Strähnen darin. Ihm kam es vor, als wären die farblosen Haare schlagartig mehr geworden.

Doris hatte stets bedauert, dass bei ihr schon Mitte zwanzig die ersten weißen Haare aufgetaucht waren. Ferdinand hatte auch keine Gelegenheit ausgelassen, sie darauf hinzuweisen oder eine spöttische Bemerkung fallen zu lassen. Sogar am Morgen des Unglücks war ihm ein helles Blitzen in ihrem Haarschopf aufgefallen und er hatte mit gehässiger Zunge angemerkt, dass es keinen Sinn hatte, den fehlenden Schnee auf der Piste mit weißen Haaren zu kaschieren.

Schnee hatten sie an diesem Tag mehr als genug gesehen; in Form eines tödlichen Blizzards, der dazu beigetragen hatte, dass Doris gestorben war. Das Brausen des Sturms, das Schwanken der Kabine und die undurchdringliche, nächtliche Finsternis waren der Grund gewesen, weshalb ...

Ferdinand brach ab und senkte den Blick. Abermals benetzte er sein Gesicht. Das Wasser war kalt, kalt wie geschmolzener Schnee. Ferdinand wollte seine grauenvollen Erinnerungen ausklammern und sich stattdessen auf die jüngsten Bilder konzentrieren – Moritz und Samuel, ausgelassen und vergnügt. Vergeblich.

So geht es nicht weiter, dachte Ferdinand. Er trocknete sich das Gesicht, rieb seine Finger am Nasenbein, schüttelte den Kopf. Er musste dringend etwas unternehmen, wollte er nicht der Verzweiflung anheimfallen. Seine düsteren Gedanken verfolgten ihn während des Tages, in seinen Träumen, ließen ihn unkonzentriert und fahrig werden. Abgesehen davon, dass dieser Zustand nicht geeignet war zwei Kinder großzuziehen, konnte er so auch nicht seiner Tätigkeit als Architekt nachkommen.

Die erste Lösung, die ihm einfiel, war vielleicht keine Lösung, aber zumindest ein Anfang.

Ich muss mit Julius sprechen, dachte er.

Bayern, Straubing, Polizeipräsidium Niederbayern
Donnerstag, 18. Januar, 09:00 Uhr

»Guten Morgen, Bernhard.«

Polizeikommissar Bernhard Lichtenberger blickte von seinem Schreibtisch auf. »Mathias? Was machst du denn hier?«

Der Vizepräsident des Landeskriminalamtes zog die Tür hinter sich zu. »Ich muss mit dir sprechen. Unter vier Augen.«

»Hat es mit ...«

»Nein, keine Sorge. Es sind andere Dinge.«

»Gut.« Bernhard verschränkte die Finger über der Tischplatte. »Leg los.«

»Zunächst möchte ich dich um Verzeihung bitten.«

»So?«

»Wegen Anna.«

Bernhard blieb stumm.

»Ich kann dir nicht sagen, wie leid es mir tut«, fuhr Mathias fort. »Ich habe einen gewaltigen Fehler begangen. Hätte ich sofort reagiert, als Anna nicht abgehoben hat, wäre vielleicht alles anders gekommen.«

Bernhards Antlitz blieb ausdruckslos. »Es wäre zu spät gewesen«, erwiderte er. »Selbst wenn sofort eine Einheit das Haus gestürmt hätte. Aber danke, dass du es angesprochen hast. Ich nehme deine Entschuldigung an. Ich denke, auch Anna wird das tun.«

Mathias runzelte die Stirn, ging aber nicht auf Bernhards letzten Kommentar ein.

»Die zweite Sache betrifft deinen Vater. Nachdem du nicht abgehoben hast, soll ich dir seine Glückwünsche zum erfolgreichen Abschluss des Falls ausrichten.«

»Was du nicht sagst. Er wollte mir gratulieren?«

»Selbstverständlich. Was hast du gedacht?«

»Dass ihm etwas eingefallen wäre, weswegen er mich kritisieren kann.«

Mathias seufzte leise. »Ich verstehe echt nicht, weshalb euer Verhältnis so angespannt ist. Ich kenne Gottfried sehr lange und er …«

»Du kennst ihn eben nicht so wie ich. Gibt es sonst noch etwas?«

»Ja. Wir hatten gestern Abend Sitzung im Justizpalast. Ich habe einen Vorschlag eingebracht, der einstimmig angenommen wurde.«

»Und zwar?«

»Du erhältst die Medaille für Verdienste um die Bayerische Justiz verliehen.«

»Ist nicht dein Ernst.«

»Doch. Ich weiß, dass du Auszeichnungen nicht leiden kannst, aber …«

»Gibt es keine Möglichkeit, dem zu entgehen?«

»Du könntest nicht hingehen.«

»Damit alle hinter meinem Rücken reden.« Bernhard warf einen Blick auf das eingerahmte Foto am Tisch. Es zeigte ihn mit seiner ehemaligen Partnerin. Sie standen in Dienstuniform nebeneinander. Anna lächelte und hatte den Daumen emporgereckt.

»Nein, ich werde dabei sein. Anna hätte es so gewollt.«

Hamburg, Wandsbek, Bramfeld
Donnerstag, 18. Januar, 16:00 Uhr

»Hier ist es nett«, sagte Sandra und trat auf die Lichtung. »Man sieht bis zum See.«

»Kein Mensch in der Nähe«, kommentierte Lorenz. »Das ist gut.«

»Sei kein Feigling. So oft wie du mir in den letzten Tagen gesagt hast, dass du nicht singen kannst, glaube ich, dass das gar nicht stimmt.«

»Du wirst es schon sehen – oder hören. Na gut, ich pack mal die Gitarre aus.«

Sandra sah zu, wie Lorenz sein Musikinstrument hervorzog und es zu stimmen begann. Keine Frage, ihr Schulkamerad war attraktiv. Gut gebaut, blonde Locken und blaue Augen; wenig verwunderlich, dass sich Michelle in ihn verguckt hatte. Bei dem Gedanken an ihre Freundin umwehte Sandra ein melancholischer Hauch. Auch Michelle hätte dieser Ort gefallen. Er war fast so schön wie der schönste Platz der Welt.

Sandra biss sich auf die Lippen und wischte die beiden Tränen beiseite.

»Ich wär' dann so weit«, meinte Lorenz und spielte ein paar Akkorde. »Der Text ist in Englisch. Ich hoffe, das stört dich nicht.«

»Nein, lass hören.«

»Ich muss noch mal betonen, dass ...«

»... du nicht singen kannst. Ich hab's kapiert.«

»Genau. Ähm ... okay, ich fang jetzt an.«

Lorenz stellte sein linkes Bein auf einen gefallenen Baumstamm, legte die Gitarre darüber und fing an zu spielen. Dazu sang er mit einer Stimme, die bei Weitem nicht so schlecht war, wie er behauptet hatte.

I had a dream of you
saw your loving smile
felt what we could do
if we had a while
for us

I saw all the things
made us two unique
love indeed it brings
health against the sick
for us

Why did this happen to you?
Why could he stole you from me?
Why came death so early – my dream, my hope, my ...

Lorenz' Stimme zitterte, ein Akkord ging daneben und er brach ab. Sandra stand gebeugt da, die Hände zu Fäusten geballt. Tränen perlten ihre Wangen hinab. Es fehlte nicht viel, und sie wäre zusammengebrochen.

Nach einer Weile registrierte Sandra, dass auch Lorenz weinte.

»Wunderschön«, flüsterte sie mit erstickter Stimme. »Das Lied hätte Michelle gefallen.«

Südtirol, Schlanders
Freitag, 19. Januar, 14:00 Uhr

»Unfassbar.« Julie schüttelte unentwegt den Kopf. »Das ist das Entsetzlichste, was ich je gehört habe.«

Emma schwieg. Sie hatte nichts mehr zu sagen. Alles, was sie hatte berichten wollen, hatte sie ihren Freunden erzählt.

François erhob sich von seinem Stuhl. Wie auch Julie hatte er das Essen kaum angerührt. Er trat an den Wandschrank heran, in dem silberne und goldene Pokale, Anstecknadeln und Medaillen untergebracht waren.

»Matteo war ein guter Skifahrer«, murmelte François. »Ein begnadeter Läufer. Erst durch ihn habe ich zu joggen begonnen. Aber ich war nie so diszipliniert wie er. Jeden Tag eine Stunde Sport, das war sein Credo. Manchmal auch zwei. Ich habe ihn mal gefragt, wie lange er das schon so macht. Er hat gemeint, seitdem er zwanzig ist. Vierzig Jahre hat er jeden Tag trainiert. Könnt ihr euch das vorstellen? Vierzig Jahre! Ich wollte von ihm wissen, wie er das zeitlich geschafft hat. ‚Zeit ist genug da‘, war seine Antwort. ‚Man muss sie sich nur nehmen.‘ Das war der Moment, in dem ich erkannt habe, dass er ein Genie ist. Zweifacher Doktortitel, belesen und gebildet, vier Sprachen, eine unglaubliche Auffassungsgabe – und körperlich so fit, wie man es in seinem Alter nur sein kann. Ich habe mir gedacht, wenn er das alles geschafft hat, muss er mehr sein als begabt. Egal, was ich anfasste, ich würde mich nie mit ihm messen können. Für mich war er wie ein großer Bruder. Ich habe es ihm nicht übel genommen, wenn er mich in seiner direkten, rücksichtslosen Art korrigiert hat. Der Dumme lernt von dem Genius, das Schaf duckt sich vor dem Wolf. Ein einziges Mal, ja ein einziges Mal, kam mir der Verdacht, dass etwas nicht mit ihm stimmt.«

Emmas Blick war in die Ferne geschweift, während François seinen Monolog gehalten hatte. Nichts von dem, was ihr Freund erzählt hatte, war ihr neu. Doch jetzt sah sie auf.

»Vor fünf Jahren bei unserer Wüstendurchquerung mit den Tuareg. Erinnert ihr euch an die junge Frau, die uns bewirtet hat? Am letzten Abend, als wir in der Wüstenstadt waren – da hat sie sich verabschiedet und gemeint, dass sie losmüsse, zurück in die Oase, zu einer anderen Karawane. Ich bin in der Nacht aufgewacht, aus dem Zimmer getreten und habe gesehen, wie Matteo mit dem Jeep vor dem Gebäude gehalten hat. Ich dachte, er war in der Wüste um sich die Sterne anzusehen. Bin hin, um ihn zu begrüßen. Als er mich erblickt hat, ist ihm etwas aus der Hand gefallen, eine Glasphiole. Ich habe sie aufgehoben und Matteo gegeben. So genau habe ich nicht hingesehen, aber ich glaubte, dass sich darin ein totes Insekt befand. Nie im Leben hätte ich mir vorstellen können, dass es sich um einen Körperteil handelt; einen weiblichen Körperteil. Für einen Moment hat etwas in Matteos Blick gelegen. Eine gnadenlose Kälte, etwas eiskalt Berechnendes. Ich glaube, wenn ich in diesem Augenblick eine Bemerkung gemacht oder eine Frage gestellt hätte – Matteo hätte mich getötet.«

François verstummte. Er rieb die Hände aneinander, als klebte das Mörderblut an seinen Fingern. Emma erinnerte sich noch gut an jene Nacht in der Wüstenstadt. Es war eine der letzten Gelegenheiten gewesen, bei denen Matteo und sie Sex hatten. Emmas Mitte zog sich zusammen und sie presste die Schenkel aneinander, als sie verstand, was das bedeutete. Matteo hatte sie gevögelt – und war kurz darauf in die Wüste gefahren, um die junge Frau zu überfallen, sie zu vergewaltigen, zu töten und zu verstümmeln. Ihn hatte der Gedanke an das bevorstehende, blutige Vergnügen erregt, das er sich bei einer anderen holen würde. Für Matteo war seine Frau nie mehr gewesen, als ein Mittel zum Zweck, nie mehr als eine Puppe, mit der er machen konnte, was er wollte.

»Will jemand einen Schnaps?« Emma erhob sich. »Ich brauche jetzt einen.«

Kanada, Québec, Percé
Sonntag, 21. Januar, 09:00 Uhr Lokalzeit

Henry Duvall starrte auf das Meer hinaus. Der stürmische Wind zerrte an seiner hageren Gestalt, zerzauste sein Haar. Er empfand es als Ironie des Schicksals, dass gestern zwei Meeresforscher im Sankt-Lorenz-Golf ertrunken waren, nur wenige hundert Meter vom Rocher Percé entfernt. Henry war sich sicher, dass dies das Werk von Geistwesen war, eine weitere Warnung, die wie alle anderen ungehört verklingen würde.

Das Meer schillerte heute grünlich, mit einem Hauch von orange. So viele Farbschattierungen wie in den letzten Tagen hatte er noch nie gesehen. Es war, als wollte das Wasser seine gesamte optische Bandbreite ausspielen. Gelbe Schaumkronen tanzten auf den Wellen. Die Wogen, die weiter unten gegen die Küste schlugen, erzeugten ein tiefes Dröhnen, für das es nicht viel Fantasie benötigte, um es als Grollen mächtiger Wesen zu erkennen.

Noch nie hatte er die Anwesenheit der Spirits so deutlich gespürt wie heute. Sie waren überall, manifestierten sich in sämtlichen Ebenen. Am Himmel tanzten sie als kecke, verschlungene Wolkenformationen, über die Wellen sprangen sie wie Heuschrecken. Die alten Fichten bogen sich mehr als sonst, ihr harziger Duft war erfüllt von Gelächter. Der gerade erst geschmolzene Schnee gab den Boden frei. Darunter schlug eine Trommel; bedächtig, aber kräftiger, als es jedes Menschenwerk zustande gebracht hätte.

In den letzten Tagen war in Henry die Gewissheit gereift, dass es nicht nur Wind und Wasser waren, die sich veränderten. Bei seinen Wetterprognosen hatte er sich stets auf diese beiden Elemente gestützt. Doch was nun geschah, betraf auch die Erde und das Feuer. Heute Morgen beim Einheizen hatte das Zündholz eine Stichflamme produziert und seine Haare versengt. Die massiven Waldbrände in Südeuropa, Argentinien und Australien waren kein Zufall. Sie bildeten einen Teil des Puzzles.

Henry wandte sich dem Rocher Percé zu. Der imposante Kalksteinfelsen wirkte heute noch majestätischer als sonst. Zerrissene Nebelfetzen tanzten um seine senkrechten Wände, wirbelten empor und verbanden sich zu einer hell schimmernden Wolkenkrone. Es war keine Krone für den Felsen, auch nicht für das Meer. Das Zeichen galt einer Einheit, die größer war, umfassender, und die sich in diesem Moment anschickte, die Welt zu verwandeln. Die Ereignisse kamen nicht sporadisch, wie er zuerst gedacht hatte, sie kamen hintereinander, schaukelten sich gegenseitig auf, bis zu einem alles übertönenden, fulminanten Finale furioso.

Ob es eine bessere Welt wird? Henrys langes, dunkles Haar flatterte im Wind, wie das Segel eines im Sturm gekenterten Schiffes.

Vielleicht nicht besser. Aber ein Neubeginn.

Kanarische Inseln, Teneriffa, Icod de los Vinos
Montag, 22. Januar, 09:00 Uhr Lokalzeit

Alfredo wusste sofort, dass etwas nicht stimmte. Er verharrte auf der Schwelle zum Vorratsschuppen und hielt die Luft an. Bewegte sich da etwas, hinten in den Schatten? War dort eine Gestalt zu erkennen, zwischen den Holzkartons mit den Äpfeln?

»¡Hola?«

Keine Antwort. Alfredo überlegte, ob er kehrtmachen und seine Büchse aus dem Haus holen sollte. Sofern sich im Schuppen ein Dieb versteckt hielt, mochte ihm das aber die Gelegenheit geben zu entkommen.

Alfredo griff nach einem morschen Holzpfeiler, der an der Außenwand der Holzhütte lehnte. Das musste reichen, um einen eventuellen Einbrecher in Schach zu halten.

»¡Hola?«, wiederholte er. »Ist da jemand? Ich bin bewaffnet!«

Sein Herz klopfte, als er die ersten Schritte ins Zwielicht trat. In den Regalen auf den Seiten stapelten sich Konserven, getrocknetes Obst und Gemüse, Säcke mit Getreide und kiloweise eingelegte Avocados. Flaschen mit Tomaten- und Paprikapolpa standen umher, von der Decke baumelten Salami und Trockenfisch. Die Äpfel lagen weiter hinten, kurz vor den Stufen, die zum Erdkeller hinabführten.

Alfredo hielt die Luft an, als er sich den Schatten näherte. Er hob die improvisierte Keule vor die Brust, verlangsamte seine Schritte.

»¡Hola?«

Die Schatten gerieten in Bewegung. Etwas löste sich aus der Dunkelheit, schnellte auf ihn zu. Alfredo stieß einen unterdrückten Schrei aus, riss den Holzpfeiler hoch und wich zurück. Er spürte einen Luftzug, zwei, drei kleine Körper fegten an seinem Gesicht vorbei. Die Fledermäuse jagten aus der Tür des Schuppens und flatterten davon.

Alfredo stieß pfeifend die Luft aus. Er ließ den Knüppel sinken, schüttelte den Kopf. Seine Ängstlichkeit war erbärmlich. Er benahm sich wie sein neurotischer Vater, der hinter jedem fremden Gesicht einen Mörder vermutete.

Da fiel es ihm auf. Etwas fehlte. Rasch zählte er nach, doch es blieb dabei. Eine Salami und zwei Dörrwürste waren verschwunden. Nach einem aufmerksamen Blick in die Runde stellte er fest, dass auch die Konserven weniger geworden waren. Daneben fehlten in einem Karton mehrere Äpfel.

Alfredo spürte, wie sich seine Nackenhaare sträubten. Nein, er hatte sich nicht getäuscht. Jemand war hier gewesen. Ein Dieb.

Alfredo fluchte und stapfte aus dem Vorratsschuppen. Also musste er sich so früh am Morgen mit der Polizei herumschlagen. Sehr ärgerlich.

Wien, Währing
Montag, 22. Januar, 10:30 Uhr

»Willst du meine ehrliche Meinung hören?«, fragte Julius.

»Natürlich.« Ferdinand richtete sich im Besucherstuhl auf. »Was denn sonst?«

»Meine Empfehlung als Therapeut. Dann könnte ich dir jetzt raten, täglich in meine Praxis zu kommen. Wir sprechen über das, was passiert ist, ich gebe dir Tipps, tolle Ratschläge und verschreibe dir einen Haufen Antidepressiva. Aber ich glaube nicht, dass es das ist, was du brauchst.«

»Sondern?«

»Geh wieder arbeiten. Übe den Job aus, den du gelernt hast und der dir Spaß macht.«

»Aber ...«

»Versteh mich nicht falsch.« Julius schob seine Brille zurecht und verschränkte die Finger. »Du solltest regelmäßig bei mir vorbeikommen und ich werde dir ein oder zwei aufhellende Mittel verschreiben. Aber nichts davon schafft das, was der Zeit gelingt.«

Ferdinand verzog einen Mundwinkel. »Die Zeit heilt alle Wunden.«

»So ist es. Das klingt lapidar und abgedroschen, aber es ist die Wahrheit. Nichts ist ein besseres Heilmittel für die Seele, als die verstreichende Zeit. Manchmal dauert es lange – in deinem Fall wird es lang dauern – und es bleiben Narben zurück, aber irgendwann kann man wieder ein normales Leben führen.«

»Nur, wenn man dabei unterstützt wird«, ergänzte Ferdinand.

»Ja.« Julius strich über seinen kahlen Hinterkopf. »Ich werde dir helfen, so gut ich kann. Aber alles braucht Zeit. Du brauchst Zeit. Damit du die Zeit überstehst, bis die Geschehnisse dein Dasein nicht mehr belasten, benötigt es Ablenkung; und zwar eine Ablenkung, die nicht nur das Totschlagen der Zeit bedeutet, sondern dich fordert und ausfüllt. Deshalb mein Rat, dass du wieder arbeiten gehst.«

Ferdinand senkte den Kopf. »Ich weiß nicht, ob ich das kann, Julius.«

»Hast du es versucht?«

»Nein. Ich war nicht unbedingt motiviert dazu.«

»Dann motiviere dich.«

»Wie?«

»Mit deinen Söhnen. Sie brauchen dich, aber du kannst nur für sie da sein, wenn du die Düsternis hinter dir lässt, wenn deine Gedanken nicht mehr von Trauer und Tod beherrscht werden. Ich bitte dich im Namen deiner Familie und Freunde – tue es.«

Ferdinand rieb sich das Nasenbein. »In Ordnung. Das werde ich.«

München, Untergiesing-Harlaching
Dienstag, 23. Januar, 17:00 Uhr

»Ich bin schwanger.«

»Was?« Raphael wäre beinahe das Glas aus der Hand gefallen. »Das ist ein Witz.«

»Meine Periode hätte vor drei Tagen beginnen sollen«, sagte Sonja. »Als das nicht passiert ist, habe ich mir verschiedene Tester besorgt. Das Ergebnis war bei allen das gleiche.«

»Du hast doch die Pille genommen.«

»Ja, aber erinnerst du dich an Ende November? An die Umstellung des Präparats? Schon im Dezember ist die Blutung ausgeblieben.«

»Das war ja nicht das erste Mal. Also lag es nicht an der neuen Pille?«

»Nein, ich habe in meinem Kalender nachgesehen. Wie es aussieht, habe ich mit den Hormonen zwei Tage zu spät begonnen. Das dürfte gereicht haben.«

»Wahnsinn ...« Raphaels Beine fühlten sich an, als bestünden sie aus Pudding. Er ließ sich auf einem Stuhl nieder. »Welche Woche wäre das jetzt?«

»Die achte oder neunte.«

»Wow.«

»Freust du dich?«

»Natürlich!« Raphael erhob sich und schloss Sonja in die Arme. »Ich bin nur etwas überwältigt, das ist alles.«

»Dir ist schon klar, dass es nur die Teststreifen waren. Ich habe mir für morgen einen Termin bei der Frauenärztin ausgemacht. Außerdem bin ich erst in der achten Woche.«

»Du meinst, dass es zu einem Abort kommen könnte?«

»Genau.«

»Nein, ich glaube nicht, dass das passiert.«

»Was macht dich so sicher?« Sonja zog die Augenbrauen hoch.

Raphael grinste. »Bei meinen Spermien – da kann einfach nichts schiefgehen.«

Hamburg, Wandsbek, Bramfeld
Donnerstag, 25. Januar, 17:00 Uhr

»Cool.« Sandra hob das Smartphone aus der Geschenkverpackung. »Das ist das Samsung mit der 3D-Kamera, stimmt's?«

»Genau was du wolltest.« Ihre Mutter lächelte. »Außerdem haben wir das hier für dich.«

Judith hielt ihrer Tochter einen Briefumschlag hin. Sandra runzelte die Stirn. Konnte das Geld sein? Ihre Eltern waren zwar weder arm noch geizig, aber allein das neue Mobiltelefon musste mehr als fünfhundert Euro gekostet haben.

Sie riss den Umschlag auf und zog eine Gutscheinkarte hervor. *Drei Nächte für drei Personen mit Halbpension im Wohlfühl-Wellnesshotel Richtersberg.*

Sandras Begeisterung hielt sich in Grenzen, aber sie lächelte und küsste ihre Mutter auf die Wange.

»Vielen Dank«, sagte sie. »Wann fahren wir hin?«

»Wann du möchtest. Der Gutschein gilt zwei Jahre. Wir freuen uns darauf, ein paar Tage mit dir zu verbringen. Nur die Familie und sonst niemand, ist das nicht schön?«

Sandra vermied es, ihrer Mutter in die Augen zu sehen. Dann wäre ihr womöglich das verräterische Glitzern nicht verborgen geblieben.

Sie setzten sich zu Tisch und Sandras Vater trug das Essen auf.

»Die Suppe hat Felix selbst gekocht«, behauptete Judith.

Sie schmeckte auch so. Sandra würgte das Gebräu hinunter, verweigerte aber einen Nachschlag. Immerhin war das Hauptgericht – Kürbis-Kartoffel-Gulasch mit Salat und gerösteten Kürbiskernen – ausgezeichnet.

Nach dem Essen zog sich Sandra auf ihr Zimmer zurück. Sie nahm ihr neues Mobiltelefon aus der Verpackung und betrachtete es von allen Seiten. Es war größer und breiter als ihr altes, sah aber verdammt schick aus. Damit konnte sie in der Schule garantiert Eindruck schinden.

Sandra lächelte. *Jetzt muss ich das Handy mal einweihen.* Sie wechselte die SIM-Karte von ihrem alten Mobiltelefon in das neue, übertrug die vorhandenen Daten und nahm die notwendigen Einstellungen vor. Dann rief sie ihren Messenger auf und verfasste eine Kurznachricht.

> *Hab das Samsung bekommen :) Wollen wir zusammen die 3D-Kamera testen?*

Sie musste nicht lange auf eine Antwort warten.

> *Klar, ich hol dich ab :) Dreißig Minuten? glg Lorenz*
> *Passt. Aber nimm deine Gitarre mit. Ich filme dich, wenn du spielst ^^*
> *Auf keinen Fall! In 3D schaut das sicher grausig aus.*
> *Versuchen wir's :))*
> *... mal sehen*

Lorenz war wenig begeistert, aber das machte nichts. Sie würde ihn schon rumkriegen. Gewissermaßen. Sandra grinste.

München, Justizpalast
Freitag, 26. Januar, 10:00 Uhr

»Die meisten Anwesenden kennen mich. Mein Name ist Mathias Ortlieb, ich bin Polizeivizepräsident des Landeskriminalamts in München. Als ich vor vielen Jahren mit der Polizeiarbeit begann, hatte ich die Vision, die Welt besser und sicherer zu machen. Ich habe eine Weile gebraucht, bis ich die Wahrheit erkennen musste: Das Böse lässt sich nicht ausrotten. Mit größter Anstrengung kann man es unter Kontrolle halten, mehr aber nicht. Ich bin in meinem Leben vielen Beamten begegnet, die das nicht akzeptieren konnten oder wollten. Darunter leidet nicht zuletzt die kriminalistische Arbeit. Die wenigsten schaffen es, Hervorragendes zu leisten, gleichzeitig realistisch zu bleiben und ihr Leben ohne Probleme zu meistern. Ich habe heute die Ehre, einer Person meinen Dank auszusprechen, die eine solche Ausnahme darstellt. Hauptkommissar Bernhard Lichtenberger, Sohn des ehemaligen Polizeipräsidenten Gottfried Lichtenberger, ist ein Mann der alten Schule. Er findet Zusammenhänge, wo andere nichts erkennen, kombiniert und löst Aufgaben, bei denen die meisten bereits aufgegeben hätten. Dazu ist er der geborene Diplomat, freundlich und kompromissbereit. Auch wenn seine Art manchmal etwas nüchtern wirkt, darf ich behaupten, ihn als meinen Freund gewonnen zu haben. Ich möchte ihm für den Einsatz danken, den er bei seinen Ermittlungen zeigt; insbesondere, aber nicht nur, bei dem jüngsten Ereignis, das leider auch das Leben von Polizeibeamten gefordert hat und ohne Bernhards hervorragende Arbeit mit Sicherheit noch blutiger verlaufen wäre. Bernhard, ich wünsche dir weiterhin viel Erfolg und alles Gute für deine Zukunft. Ich übergebe nun an den Bayerischen Justizminister, Doktor Georg van Krusen.«

Bernhard war Mathias' Monolog mit zunehmendem Unbehagen gefolgt. Er mochte es nicht, wenn man ihn mit Lob überhäufte. Noch dazu vor so vielen Menschen. Es wäre besser gewesen, er hätte den Termin abgesagt.

Der Justizminister erhob sich und trat an das Rednerpult. Seine Ansprache war sachlich und formell. Zuletzt bat er Bernhard auf die Bühne und überreichte ihm die Medaille für Verdienste um die Bayerische Justiz. Dazu erhielt Bernhard eine Anstecknadel und eine Urkunde – allesamt Dinge, auf die er getrost hätte verzichten können.

»Ich danke für die Ehre, die mir heute zuteilwurde. Diesen Preis, diese Medaille, möchte ich einer ganz besonderen Person widmen, die leider nicht unter uns weilen kann. Anna, wo immer du auch sein magst, dein Mut und deine Leidenschaft bleiben unvergessen. Vielen Dank.«

Drei Stunden später befand sich Bernhard auf dem Heimweg. Er war von seinen Kollegen zum Essen eingeladen worden, konnte den zwischenmenschlichen Austausch aber auf ein Minimum beschränken und sich bald zurückziehen. Bernhards Augen ruhten auf der Fahrbahn, doch seine Gedanken waren nach innen gerichtet, auf seine Gefühle und Empfindungen. Besonders eine Sache beherrschte sein Bewusstsein: Er spürte es wieder ganz deutlich, so deutlich wie seit mehr als einer Woche nicht mehr – den warmen, unsichtbaren Hauch im Nacken. Den Atem eines Menschen. Annas Atem.

Südtirol, Schlanders

Sonntag, 28. Januar, 14:00 Uhr

Emma spazierte durch die Schwarzkiefernwälder am Südhang des Vinschgaus. Eine milde Brise wehte ihr ins Gesicht, vor ihren Augen tanzten ein paar Mücken. Bei jedem Schritt knirschte es vernehmlich, wenn sie entweder auf trockene Kiefernnadeln stieg oder Steine unter ihren Schuhsohlen knisterten.

Emma fühlte sich einsam. Schon wieder. Oder besser gesagt: noch immer. Die letzten Tage hatten ihr vor Augen geführt, wie groß und leer ihr Haus in Schlanders war; zu groß und zu leer, um nicht andauernd auf das Alleinsein zu stoßen, das in jedem Winkel, in jeder Ritze des Gebäudes lauerte und Emma aus allen Richtungen zurief: *Du bist ein Nichts, ein weinendes, verstoßenes Kind, einsam und verloren.*

Emma hatte es nicht mehr im Haus ausgehalten, war vor die Tür geeilt und zu einer Wanderung aufgebrochen. Sie konnte nicht sagen, ob das eine gute Idee gewesen war. Zwar erfrischten sie die Luft und der harzige Kiefernduft, aber ihren trüben Gedanken tat der Ausflug keinen Abbruch. Noch vor wenigen Wochen war ein solcher Spaziergang das ideale Mittel gewesen, um ihre Lebensgeister zu wecken, wenn sie sich wieder einmal von Matteo ignoriert oder übergangen gefühlt hatte. Doch jetzt stellte sich das Gefühl von Ruhe und Gelassenheit nicht ein. Vielleicht hatten sie die Ereignisse nachhaltiger geprägt und verändert, als sie bislang wahrhaben wollte. Vielleicht musste sie bis zum Ende ihrer Existenz mit diesen Empfindungen leben, würde für immer von Verlorenheit und Einsamkeit verfolgt werden.

Emma machte kehrt und marschierte zum Haus zurück. Sie wollte nicht vor dem fremden Ich kapitulieren, das ihr Matteo durch seine Taten aufgezwungen hatte. Sie konnte dagegen ankämpfen, konnte sich Hilfe holen, die Nähe anderer Menschen suchen. Aber war das eine gute Idee? Sollte sie nicht eher ihr erbärmliches Leben allein verbringen, sich von weltlichen Genüssen und Versuchungen fernhalten, um irgendwann die Erlösung des letzten Atemzugs zu erfahren?

Hör auf damit, mahnte Emma sich selbst. *Das bist nicht du. Du warst immer ängstlich, aber auch stets eine optimistische Person, trotz all der Schicksalsschläge in deinem Leben. Du hast Freunde, du hast Hobbys, du kannst dich ablenken und wieder zu dir finden.*

Warum sollte ich das tun?, erklang eine Stimme in ihrem Kopf.

Weil es noch nicht vorbei ist, sagte eine zweite; und diese Stimme kam nicht aus ihr selbst. Diese Stimme war nicht einmal menschlich.

Ein kühler Hauch manifestierte sich in Emmas Nacken. Er glitt ihren Rücken hinab, bedächtig, aber unaufhaltsam wie eine Schlange aus Eis, erfasste ihr Herz und ließ es erschaudern.

Es muss vorbei sein, dachte Emma und ballte die Hände zu Fäusten.

Salzburg, Saalfelden
Donnerstag, 15. Februar, 12:30 Uhr

Es goss in Strömen, und das seit Stunden. Bis auf tausendfünfhundert Meter handelte es sich um Regen. Sogar die Urslau war angeschwollen und bewegte sich nur knapp unter der Hochwassermarke. Für den Hochwinter war das – wieder einmal – sehr ungewöhnlich.

Josef parkte das gelbe Postauto direkt vor seiner Garage. Nach über sechs Stunden in Regen und Kälte hatte er keine Lust, eine Sekunde länger als notwendig durch dieses Mistwetter zu stapfen. Er war bis auf die Haut durchnässt. Jeder zusätzliche Tropfen fühlte sich an wie ein Nadelstich im Gesicht. Er musste dringend seine Kleidung wechseln und eine warme Mahlzeit einnehmen. Die meisten Sendungen hatte er bereits ausgetragen, aber ein oder zwei Stunden würde er am Nachmittag noch unterwegs sein.

»Hast du schon das Neueste gehört?«, fragte Trude ihren Mann, als dieser durch die Tür trat.

»Was denn?«

»Das Haus in der Einöde wird umgebaut.«

»Du meinst die Nummer zwölf?« Josef fuhr sich durch die Haare und Regentropfen flogen nach allen Seiten. Mit der anderen Hand tätschelte er seinem Jagdhund Igor den Kopf, der schwanzwedelnd herbeigeeilt kam. »Das Gebäude ist doch erst vor ein paar Jahren renoviert worden.«

»Genau. Damit fangen die Merkwürdigkeiten an. Es ist kein Handwerker oder Techniker aus der Umgebung beteiligt, angeblich nicht einmal aus Österreich. Brigitte hat mir erzählt, dass sie einen Lieferwagen mit deutschem Kennzeichen gesehen hat. Und der Mann von Johanna hat berichtet, dass unlängst, als er am Hochstand gesessen ist, ein kleiner Bagger und einige Kisten abgeladen worden sind. Die Arbeiten werden vor allem im Haus durchgeführt.«

Josef schlüpfte aus seinen durchnässten Kleidern und kramte nach neuen. Am liebsten hätte er heiß geduscht, aber das kostete zu viel Zeit. Er konnte froh sein, dass seine Frau gekocht hatte. Trude war eine herzensgute Person, hatte aber, wie so manche Bewohner hier am Land, einen ausgeprägten Hang zu Klatsch und Tratsch. Besonders das abgelegene, villenartige Gebäude in der Einöde sorgte regelmäßig für Gesprächsstoff.

»Na ja«, gab Josef zurück und streifte sich einen Pullover über. »Vielleicht plant der Besitzer eine neue Innenausstattung. An Geld dürfte es ihm nicht mangeln.«

»Die Leute haben auch einen Sarg ins Haus getragen.«

»Wie bitte?«

»Einen dunklen, geflämmten Holzsarg. Hat Johannas Mann erzählt. Findest du das nicht auch seltsam?«

Josef zuckte die Schultern. »Das hört sich schon ein bisschen verrückt an. Aber in dem Sarg muss ja nicht gleich eine Leiche sein. Igor, sitz!«

Der Jagdhund ließ sich auf sein Hinterteil nieder und warf seinem Herrn einen erwartungsvollen Blick zu.

»Johanna hat ihren Mann überredet, zur Polizei zu gehen.«

»War ja klar. Die sieht in jedem Pkw, der nicht aus Tirol stammt, eine Räuberbande aus Rumänien. Ist etwas herausgekommen?«

»Sepp von der Polizeiinspektion ist zusammen mit einem Kollegen hingefahren. Angeblich waren die Leute sehr zuvorkommend. Sie haben den Sarg hergezeigt und der war leer.«

»Na bitte.« Josef rieb sich die kalten Hände und setzte sich an den Mittagstisch. »Mal wieder falscher Alarm.«

»Kann sein.« Trude nahm den Eintopf vom Herd und stellte ihn auf den Tisch. »Aber weißt du, was Sepp noch erzählt hat? Sie haben die Arbeiter gefragt, warum ein leerer Sarg im Haus steht.«

»Die hatten wahrscheinlich keine Ahnung.«

»Richtig. Aber der Mann von den Gemeinderatssitzungen war auch dort – du weißt schon, der Typ, der den Eigentümer von Einöde zwölf vertritt.«

»Ja, und?«

»Er hat gemeint, sein Auftraggeber habe den Sarg persönlich ausgewählt.«

»Als makabre Attraktion für sein Schlafzimmer?«

»Nein. Für sich selbst. Es ist der Sarg, in dem er begraben werden will.«

Teneriffa, Icod de los Vinos
Sonntag, 18. Februar, 05:30 Uhr Lokalzeit

Das Gackern der Hühner weckte ihn. Gustav gähnte und richtete sich im Bett auf. Schlaftrunken blickte er auf den

Wecker am Nachttisch. Es war definitiv zu früh, das wusste er, noch bevor er die Stellung der Zeiger erkannte. Gewöhnlich schlief er bis kurz vor sieben und das tief und durchgehend. Gewöhnlich war sein Federvieh um diese Uhrzeit aber auch still.

Gustav schlüpfte in seine Pantoffeln, schlurfte aus dem Schlafzimmer zur Hintertür. Auf dem Weg dorthin warf er sich einen Mantel über und wechselte von den Hausschuhen zu schwarzen Regenstiefeln.

Er hielt kurz inne und lauschte. Das Gackern wirkte nervös, vielleicht sogar alarmiert. Gustav überlegte, ob eine Katze oder ein wildernder Hund in den Hühnerstall eingedrungen sein konnte. Aber das erschien ihm ausgeschlossen. Der Zaun war aus massivem Maschendraht, mannshoch und tief im Erdreich versenkt. Nicht einmal seinen Kaninchen war es gelungen, sich darunter hindurchzugraben.

Gustav öffnete den Hinterausgang und sah gerade noch, wie eine gebeugte, humpelnde Gestalt aus dem Hühnerstall huschte. Im ersten Moment war Gustav bloß überrascht. Doch seine Verwunderung schlug in Ärger um, als er Flügelgeflatter unter dem Arm des Unbekannten entdeckte. Ein Dieb!

Gustav fluchte leise und wollte dem Fremden hinterher. Dann aber besann er sich, dass er unbewaffnet war. Was, wenn der Dieb zum Angriff überging? Gustav war bei tätlichen Auseinandersetzungen nie besonders gut weggekommen. Während er noch überlegte, was er unternehmen sollte, zwängte sich der Unbekannte durch eine Lücke im Zaun und verschwand im angrenzenden Strauchdickicht.

Gustav stieß entrüstet die Luft aus und stapfte los. Er verhielt am Ende seines Grundstücks und besah sich den Schaden am Zaun. Der Fremde musste eine Beißzange oder Ähnliches benutzt haben. Er hatte ein hüfthohes Loch in den Maschendraht geschnitten.

Gustav machte kehrt und betrat den Hühnerstall. Ihm fiel sofort auf, dass zwei Tiere fehlten. Missmutig trat er ins Haus zurück. Es hatte keinen Zweck, dem Dieb nachzulaufen. Außerdem waren es trotz allem nur zwei Hühner, kein unentbehrlicher Verlust.

Gustav wählte die Nummer der Policía Nacional und schilderte, was vorgefallen war.

»Wie hat der Dieb ausgesehen?«, erkundigte sich der Beamte.

»Missgestaltet.«

»Wie bitte?«

»Ich habe ihn nur von hinten gesehen«, erwiderte Gustav. »Ich glaube, es war ein Mann in einem dunklen Mantel. Sein Gang und seine Gestalt ... Er ist gehumpelt, war nach vorn gebeugt, als wäre sein Rücken krumm. Hat auf mich keinen gesunden Eindruck gemacht.«

»Schön.« Die Stimme des Polizeibeamten klang genervt. »Wir werden uns darum kümmern. Mal sehen, ob wir Ihren Quasimodo finden.«

Hamburg, Wandsbek, Bramfeld
Sonntag, 18. Februar, 06:30 Uhr

Sandra lief um ihr Leben. Mit nackten Füßen eilte sie über den schwarzen Waldboden, brach durch Sträucher und hetzte zwischen knorrigen Baumstämmen hindurch. Das Dämmerlicht gab keine Farben frei, nur schmutzige Grautöne blitzten auf und vergingen. Im Laufen wandte Sandra den Kopf. Zwei rot glühende Augen, groß wie Totenschädel. Funken und Flammen brachen aus den feurigen Höhlen, setzten den Boden in Brand. Das Ungeheuer war ihr dicht auf den Fersen.

Sandra versuchte schneller zu laufen, wusste aber, dass sie zu langsam war, wusste, dass sich ihr Verfolger unaufhaltsam näherte. Eine Gestalt tauchte an ihrer Seite auf, eine bekannte, eine vertraute Gestalt. Michelle war barfuß wie sie selbst, trug nichts bis auf ein weites, wehendes Kleid, so grau wie alles in diesem Wald. Ihr Antlitz war leer und ohne Emotionen. Sie sah nicht zu Sandra hinüber, sondern stur geradeaus.

Schneller, rief Sandra ihrer Freundin zu. *Es holt uns ein!*

Doch Michelle reduzierte ihr Tempo, fiel immer weiter zurück.

Michelle, lauf schneller!

Die glühenden Augen erreichten Sandras Freundin, berührten ihr flatterndes Kleid. Augenblicklich ging der Stoff in Flammen auf. Rasend schnell fraß sich das Feuer bis zu Michelles Körper. Kein Laut, kein Schrei kam über ihre Lippen. Die leeren Augen wanderten zu Sandra, hielten ihren Blick gefangen. Michelle riss den Mund auf –

eine Stichflamme wogte dort, wo ihre Zunge sein sollte, leckte in Sandras Richtung.

Sandra kreischte, wirbelte herum und stürmte weiter. Vor ihr erschien etwas Helles, ein weißes, blendendes Licht. Sandra kniff die Augen zusammen, legte alle Kraft in ihre Beine. Drei, vier Büsche, dann war der Wald zu Ende und sie hetzte auf eine Wiese; eine schneebedeckte Wiese.

Verblüfft hielt Sandra inne. Kribbelnde Kälte erfasste ihre Fußsohlen, einzelne Schneekristalle tanzten vor ihrem Gesicht. Am Ende der Lichtung stand ein Haus. Das Gebäude thronte majestätisch am Waldrand, wirkte wie eine Villa oder ein kleines Schloss, gleichzeitig aber auch missgestaltet und beklemmend. Schneeflocken wirbelten um das rote Dach und die ockerfarbenen Fensterrahmen, legten sich auf blau schillernde Kornblumen und gelb leuchtendes Johanniskraut.

Farben, begriff Sandra. *Hier gibt es Farben.*

Das Brüllen hinter ihr wischte alle Gedanken beiseite. Sandra stürmte los, geradewegs auf das Gebäude zu. Schnee knirschte unter ihren Füßen, doch die Kälte schwand. Sie machte einer Wärme – nein, Hitze – Platz, die ihren Rücken erfasste und sich wie glühende Kohlen in ihr Fleisch fraß.

Die Tür des Hauses öffnete sich. Eine Frau trat ins Freie, eine wunderschöne Frau. Sie trug ein blutrotes Kleid, eilte Sandra entgegen. Ihre langen, dunklen Haare flatterten im Wind wie ein Krähenschwarm.

Die Hitze verstärkte sich, aber auch der Frost kehrte zurück. Sandras Rücken musste längst in Flammen stehen. Gleichzeitig traf sie eisige Kälte an der Brust, drang tiefer und lähmte ihr Herz.

Sandra keuchte, verlangsamte ihren Lauf. Die Frau war fast heran. Das Ungeheuer ebenso.

Sandra! Die Stimme der Unbekannten war kräftig und ohne jede Furcht. *Lass dich nicht jagen. Stelle dich. Du kannst ihn besiegen. Sieh ins Feuer. Begreife dich selbst!*

Die Frau war heran. Sandra blickte in tiefe, dunkle Augen; Augen, in denen man sich verlieren konnte. Ihr kam die Frau bekannt vor, sehr bekannt sogar, als wäre sie eine alte Freundin. Aber sie begriff nicht, um wen es sich handelte.

Die Frau breitete ihr Arme aus und umschlang Sandras Oberkörper. Schlagartig verschwand jede Wärme. Alles war kalt, eisig und gefühllos, unbarmherzig und erbarmungslos. Sandra riss den Mund auf. Sie wollte schreien, aber da war keine Luft mehr in ihr, keine Empfindung, kein Blut, kein Leben ...

Sandra fuhr in ihrem Bett hoch. Ihr Herz raste und auf ihrer Stirn stand kalter Schweiß. Fröstelnd rieb sie sich die Arme. Während des Schlafes musste sie ihre Bettdecke abgeworfen haben. Sie lag auf dem Fußboden. Deshalb also die Kälte. Sandra spürte, dass sie zitterte, war sich aber nicht sicher, ob das allein an der Kühle im Zimmer lag. Sie hatte einen Albtraum durchlebt. Schon wieder.

Sandra griff nach der Bettdecke und zog ihre Beine an den Körper. Wenn Michelle bloß an ihrer Seite wäre. Ihre Freundin hatte ebenfalls an Albträumen gelitten, aber einen Weg gefunden, sie zu bekämpfen. Sie hatte Sandra ihre Technik beibringen wollen. Aber dafür war keine Zeit mehr gewesen.

Eine Welle aus Trauer und Schmerz schwappte über Sandra zusammen. Sie spürte, wie ihr die Tränen kamen. Aber sie wollte nicht weinen. Nicht schon wieder. Sandra griff nach ihrem Mobiltelefon. Kurz war sie unschlüssig, ob sie es tun sollte, dann wählte sie eine Nummer. Wahrscheinlich hatte Lorenz sein Handy deaktiviert. Aber versuchen musste sie es.

»Was'n los?« Lorenz' Stimme klang belegt und kratzig. »Du has'mich g'weckt.«

»Oh, sorry.« Sandra tat es wahrhaftig leid, im selben Moment, in dem sie den verschlafenen Tonfall ihres Schulkameraden vernahm. »Ich hatte einen Albtraum.«

»Oje. War es schlimm?«

»Ziemlich. So ein Traum, in dem man verfolgt wird und nichts dagegen tun kann.«

Sandra vernahm ein Rascheln und ein unterdrücktes Gähnen.

»Du solltest dich wieder hinlegen.«

»Das geht nicht.« Sandra schüttelte den Kopf, obwohl Lorenz sie nicht sehen konnte. »Nach diesem Traum will ich gar nicht mehr schlafen.«

»Wäre aber gut. Damit du in ein paar Stunden fit und ausgeruht bist.«

»Was? Wieso? Es ist Sonntag.«

»Ja, aber ich lade dich zum Brunch ein. Um zehn in der *Guten Stube*.«

»Oh. Ist das nicht ein bisschen ... teuer?«

»Ach was. Ich glaube, du hast ein ordentliches Frühstück nötig. Außerdem – seit wann ist mir für dich etwas zu teuer?«

Als sie ihr Gespräch beendeten, lächelte Sandra immer noch. Wie süß Lorenz sein konnte und wie nett von ihm, sie zum Essen einzuladen. Sandra wischte sich eine Haarsträhne aus dem Gesicht und beschloss, es noch einmal mit Schlaf zu versuchen. Erst da merkte sie, dass ihr gar nicht mehr kalt war. Ein Gefühl von Wärme hatte sich in ihrem Inneren ausgebreitet. Es war anders, als die unmenschliche Hitze in ihrem Traum; ein wohliges, belebendes Kribbeln in ihrer Brust, das von den Zehenspitzen bis zu den Ohren reichte.

Hab ich mich verliebt?, dachte Sandra noch, bevor sie in einen traumlosen Schlummer fiel.

Bayern, Straubing, Polizeipräsidium Niederbayern
Dienstag, 20. Februar, 11:30 Uhr

Endlich, dachte Bernhard und streckte sich. *Es ist vollbracht.*

Soeben hatte er die letzten Unterlagen zum Fall Bocconcelli-Vill abgeschickt. Die Geschichte war abgeschlossen, zumindest für den Moment. Siebenundzwanzig Personen hatten durch die beiden Mörder ihr Leben gelassen. Wahrscheinlich sogar mehr, aber einige Opfer hatte man den Geschwistern nicht mit Sicherheit zuordnen können.

Bernhard erhob sich von seinem Stuhl, nahm die Gießkanne zur Hand und bewässerte die Grünpflanzen im Büro. Es tat dies bedächtig und konzentriert, prüfte, ob die Erde feucht war, und zupfte einzelne, braune Blätter ab. Seine Orchidee sah übel aus, aber er hatte momentan weder Regenwasser noch den passenden Dünger zur Hand. Auch der Zitronenbaum wirkte mitgenommen, genauso wie der Farn in der Ecke. Bernhard hatte die Pflege seiner Pflanzen in den letzten Wochen sträflich vernachlässigt. Es war an der Zeit, dass er zu seinem alten Ich zurückfand, sich darauf besann, welche Tätigkeiten ihn erfüllten und was ihm Freude bereitete. Unter anderem war das sein Garten. Ihm fiel ein, dass er sein Gewächshaus noch nicht fertiggestellt hatte. Diese Aufgabe sollte er bald erledigen. Das alte Glashaus war während des Orkans im Januar zerstört worden und einige seiner Pflanzen brauchten dringend Sonnenlicht.

Die Tür ging auf und Mathias trat mit einer zweiten Person herein. Es handelte sich um eine junge Frau mit markanter Nase und langen, blonden Haaren, die zu einem Pferdeschwanz gebunden waren.

»Hallo Bernhard, darf ich dir jemanden vorstellen?« Mathias deutete auf seine Begleitung. »Das ist Julia Martens.«

»Sehr erfreut.« Bernhard schüttelte der jungen Frau die Hand, die ihn aufmerksam und kein bisschen scheu musterte. Er ahnte, dass es sich bei ihr um eine selbstbewusste und unerschrockene Persönlichkeit handelte. Bernhard hatte einen leisen Verdacht, weshalb ihm Mathias Julia vorstellte. Sein Verdacht schlug in Gewissheit um, als er die nächsten Worte seines Vorgesetzten vernahm.

»Julia ist deine neue Partnerin. Ich bin davon überzeugt, sie wird deinen hohen Anforderungen gerecht werden. Ich habe sie persönlich ausgewählt.«

»Das ist nett von dir.« Bernhards Stimme war betont gelassen. »Ich bin mir sicher, Julia ist eine hervorragende Ermittlerin. Können wir uns unter vier Augen unterhalten?«

»Natürlich.« Mathias nickte Julia zu und die junge Frau verließ den Raum.

»Was soll das?« Bernhard konnte nicht verhindern, dass in seinen Worten Unmut mitschwang. »Eine neue Partnerin?«

»Ja.« Mathias' zuvor freundliches Antlitz nahm einen Zug von Strenge an. »Es wird Zeit, dass du nicht mehr allein in deinem Zimmer hockst und Trübsal bläst.«

»Aber ich bin doch gar nicht ...«

»Du kannst mir nichts vormachen. Ich weiß, dass du die Sache mit Anna noch nicht überwunden hast.«

Bernhard überlegte einen Moment. Natürlich vermisste er seine Partnerin, natürlich gab es da noch immer die schwelenden Schuldgefühle in seinem Inneren. Aber Trauer empfand er nicht. Er wusste auch, woran das lag. Bernhard hatte nicht das Gefühl, als wäre Anna von ihm gegangen. Es gab eine Sache, einen gewissen warmen Hauch im Nacken, der ihn vom Gegenteil überzeugte. Aber das konnte er Mathias nicht auf die Nase binden, der jede Form von Aberglauben verurteilte.

»Ich glaube, du irrst dich«, erwiderte Bernhard. »Gewiss fehlt sie mir, aber ich bin weit davon entfernt, aus Verzweiflung den Verstand zu verlieren. Eine neue Partnerin ist nicht notwendig.«

Mathias' Augen zogen sich zusammen. Er merkte, dass ihm Bernhard etwas verschwieg. »Das sehe ich anders. Ich möchte, dass du mit Julia zusammenarbeitest, oder es zumindest versuchst. Sie ist eine hervorragende Polizistin, besitzt ein ausgeprägtes Pflichtbewusstsein, eine Nase für versteckte Zusammenhänge und ist nicht so impulsiv wie es Anna war.«

Bernhard war nahe daran Mathias aufzuklären, dass allein Annas Temperament verhindert hatte, dass in der Seilbahngondel in Kitzbühel noch mehr Menschen starben. Aber er tat es nicht. Einerseits spürte er, dass ihm Mathias bloß helfen wollte, andererseits konnte ihn Julia gewiss unterstützen und von seinen melancholischen Gedanken ablenken.

»Gut, wie du meinst.« Bernhard wandte sich seinem Schreibtisch zu. »Schick sie herein.«

Wien, Donaustadt, Seestadt Aspern
Mittwoch, 21. Februar, 09:30 Uhr

»Ferdinand? Ferdinand Helmreich?« Sven, der Baustellenkoordinator, trat näher. »Das ist ja eine Überraschung! Mit dir hätte ich nicht gerechnet.«

Ferdinand lächelte schwach. »Es ist schön, dich zu sehen, Sven.«

Die beiden Männer schüttelten sich die Hand. Ferdinand entging weder der prüfende Blick, den Sven ihm zuwarf, noch die neugierigen Augen der Arbeiter. Vermutlich hatte sich seine Geschichte längst auf der Baustelle herumgesprochen.

»Wie geht es voran?« Ferdinand musterte den hölzernen Rohbau, der, zumindest auf den ersten Blick, exakt seiner Planungsvorgabe entsprach.

»Sehr gut. Wir hatten bislang keine gröberen Probleme und sind genau im Zeitplan.«

»Der Wassereintritt in der Tiefgarage konnte behoben werden?«

»Ja. Wir haben neue Drainagen gelegt und den Sickerbereich vergrößert.«

»Wie ich sehe, hat auch die Holzlieferung funktioniert.«

»Es war nicht einfach«, gab Sven zu. »Durch den Orkan ist so viel Schadholz angefallen, dass die Sägen im Dauerbetrieb waren und noch immer sind. Wir mussten vier Wochen auf die letzten Kiefernhölzer warten.«

»Hat sich ausgezahlt. Der Anblick ist überwältigend.«

»Liegt zum Großteil an deiner Planung.« Sven zwinkerte ihm zu.

Das Gebäude war für eine Genossenschaft errichtet worden. Es handelte sich um das erste Mehrparteienhaus in der Seestadt, das fast ausschließlich aus Holz bestand. Dazu kam die Form, die einem aufwärts strebenden Baum ähnelte und schon auf den Plänen beeindruckend gewirkt hatte, in natura aber noch faszinierender war. Ferdinand glaubte, dass es sich hierbei um eines seiner besten architektonischen Werke handelte. Er konnte mit Recht stolz auf sich sein.

»Sag mal.« Sven kratzte sich am Kopf. »Da du jetzt hier bist – heißt das, du hast deinen Dienst wieder aufgenommen?«

»Ja, seit Anfang Februar. Die ersten Tage waren mühsam, mit den ganzen Dingen, die in meiner Abwesenheit angefallen sind. Aber das wird schon.«

»Gut.« Sven grinste. »Dann kann ich endlich meine Überstunden abbauen.«

Während Ferdinands Auszeit hatte sein Freund die Aufgaben des Bauleiters übernommen. Es war ungewöhnlich, dass man als Architekt gleichzeitig Gestalter der Anlage und als Entscheidungsträger für den Bauherrn tätig war. Aber da es sich um eines von Ferdinands Prestigeprojekten handelte und er persönliche Beziehungen zu den Geldgebern der Anlage pflegte, war er in diese Position gelangt.

»Papa!«

Ferdinand zuckte zusammen und wandte den Kopf. Für einen Moment sah er ein vertrautes Gesicht, erblickte kurze, blonde Locken und blassblaue Augen mit einem grünen Rand um die Pupillen. Aber das Bild verblasste. Es war nicht Samantha, die auf ihn zugeeilt kam, nicht seine eigene Tochter, die mit einem strahlenden Lächeln auf ihren Vater zulief.

Sven bückte sich und nahm das Mädchen auf den Arm. »Marlene, das ist Ferdinand, ein Freund.«

»Hallo.« Die Kleine betrachtete den Architekten aufmerksam.

»Hallo«, erwiderte Ferdinand. Mit einem Mal klang seine Stimme heiser.

»Das ist meine Frau«, ergänzte Sven. »Sabine.«

Wieder ein Bild. Eine schlanke, weibliche Gestalt, zarte Lippen, große Augen; blassblau, mit einem grünen Rand um die Pupillen. Auch dieses Bild verschwand. Eine unbekannte, kräftig gebaute Frau trat auf Ferdinand zu. Sie lächelte und streckte ihm die Hand entgegen. Ferdinand erwiderte die Geste und brachte sogar ein »Sehr erfreut.« hervor. In seinem Hals steckte etwas Klumpiges, Weiches, das Fangarme ausbildete und von seinem Magen bis an den Gaumen züngelte. Ferdinand wandte sich Sven zu.

»Ich muss los, hab noch einen Termin. Wir hören uns.«

Flucht. Ferdinand floh. Er wusste, dass auf Svens Antlitz Verwirrung stand, wusste, dass ihm die Bauarbeiter neugierige Blicke zuwarfen. Aber er musste weg. So schnell wie möglich. Ferdinand eilte zu seinem Wagen, riss die Fahrertür auf und schlug sie hinter sich zu. Tränen rannen seine Wangen hinab.

Verdammt noch mal, dachte er und biss sich auf die Lippe. *Reiß dich endlich zusammen!*

»Komm schon, Fäuste hoch!« Der Trainer tänzelte zur Seite.

Sonja wich einen Schritt zurück und schüttelte die Benommenheit ab. Der letzte Hieb hatte sie unvorbereitet getroffen. Dabei war der Schlag offensichtlich gewesen. Sie musste sich konzentrieren.

Sonja sammelte sich und trat vor. Links vorschnellen, rechts blocken, ducken, Sidekick.

»Schon besser«, sagte der Trainer und grinste. Dann griff er an. Seine Arme wirbelten auf sie zu. Sonja fing die Schlagkombination ab, nutzte eine Lücke in der Verteidigung für den Konter. Sie täuschte einen linken Haken vor, riss ihr Knie hoch und wollte ihren Gegner mit einem Tritt überraschen. Was ihr normalerweise problemlos und elegant gelang, brachte sie aus dem Gleichgewicht. Sie taumelte, musste ihre Deckung aufgeben.

Der Schlag traf sie in die Seite.

Sonja keuchte, ging in die Knie. Mit einem Mal war ihr übel.

»Schlecht, ganz schlecht«, sagte der Trainer und streckte die Hand aus, um ihr aufzuhelfen. »Was ist heute los mit dir? Normalerweise bist du es, die mich fertigmacht.«

»Ich weiß auch nicht, Martin. Ich fühle mich irgendwie ...«

Sonja erbrach sich auf den Fußboden. Zwei Atemzüge lang verschwamm ihr Gesichtsfeld und sie drohte das

Bewusstsein zu verlieren. Kalter Schweiß bildete sich auf ihrer Stirn.

»Sonja?!« Martins Stimme dröhnte in ihren Ohren. »Was ist los? Sag doch etwas!«

Sonja konnte nichts sagen. Sie ahnte, dass noch mehr ihres Mageninhalts hochkommen würde, wenn sie ein weiteres Mal den Mund öffnete. Zu der Übelkeit gesellte sich ein diffuser Schmerz, den sie zuerst nicht einzuordnen vermochte. Dann begriff sie, dass er von ihrem Bauch ausging. Instinktiv wanderte ihre Hand nach unten, dorthin, wo das Ziehen und die Krämpfe am stärksten waren. Eisige Furcht drang in Sonjas Bewusstsein. Ihre Finger glitten noch tiefer, über das Becken bis zu ihren Oberschenkeln. Sonja spürte eine warme, klebrige Feuchte zwischen ihren Beinen.

Nein, dachte sie entsetzt. *Bitte nicht!*

∞

»Ihrem Kind geht es gut«, sagte die Ärztin, als sie die Bilder der Ultraschalluntersuchung sinken ließ.

Raphael seufzte erleichtert. Sonja schloss für einen Moment die Augen und fasste sich an den Bauch. Die Anspannung auf ihren Zügen löste sich.

»Es war die richtige Entscheidung, dass Sie sofort gekommen sind«, fuhr die Ärztin fort. »Blutungen während der Schwangerschaft treten immer wieder auf. Die meisten sind harmlos, aber manche können auf ein ernstes Problem hinweisen. In Ihrem Fall gehe ich davon aus, dass die Blutung keine nachteiligen Folgen haben wird.

Allerdings rate ich Ihnen dringend, das Training für die Dauer der Schwangerschaft abzubrechen oder zumindest einzuschränken. Schläge im Bauchbereich können gefährlich sein.«

Sonja schwieg und senkte den Kopf. Karate war für sie seit vielen Jahren ein wichtiger Ausgleich und eine bewährte Methode, Stress und Spannungen abzubauen. Aber was hatte sie sich dabei gedacht – oder eher nicht gedacht – mit dem Keim neuen Lebens unter ihrem Herzen zum Training zu gehen? Vor allem zu einem Kampftraining, bei dem man naturgemäß Schläge einstecken musste. Sie war sich bewusst, dass dieses Erlebnis auch anders hätte ausgehen können.

Keine guten Vorzeichen für eine Mutterschaft. Sonjas Mitte zog sich zusammen.

»Meine Frau wird sich Ihren Ratschlag zu Herzen nehmen«, erwiderte Raphael an die Ärztin gewandt und warf Sonja einen kühlen Blick zu. »Da bin ich mir sicher.«

Teneriffa, nordwestlich des Teide-Massivs
Mittwoch, 28. Februar, 11:30 Uhr Lokalzeit

Ramos war am Rückweg von seinem Rundgang durch den Park, als er die Lagerstätte entdeckte. Sie befand sich in einem Waldstück, das nicht von dem verheerenden Waldbrand vernichtet worden war. Versteckt zwischen Büschen und Jungbäumen lag eine flache Mulde. Darin erspähte Ramos ein einfaches Bett aus Laub und Heu, eine Feuerstelle, Konserven, etwas Obst und Gemüse. Von einem Ast baumelte der ausgenommene Kadaver eines Kaninchens, der Balg hing daneben zum Trocknen. Zwei volle Wasserflaschen lagen am Boden – neben den Überresten eines schwarz verbrannten Huhns.

Ramos zog die Nase kraus. Es war nicht die erste Bleibe eines Einsiedlers, die er entdeckte. Selbstverständlich war es unter Strafe verboten, sich im Nationalpark niederzulassen. Trotzdem gab es immer wieder Leute, vorwiegend Männer, die es versuchten. Oft hatten die Personen etwas zu verbergen, wurden wegen Straftaten gesucht oder wollten einfach nur abseits der Gesellschaft leben. Das konnten sie auch gern tun, aber nicht hier.

Ramos überlegte abzuwarten, bis der Bewohner des Lagerplatzes zurückkehrte. Aber es war ungefährlicher, wenn er gleich die Behörden informierte. Ramos notierte sich die Koordinaten seines GPS-Geräts und trat den Heimweg an.

Nach einigen Dutzend Schritten fiel ihm die Hitze auf. Er spürte, wie sich die Luft erwärmte, dampfte und einer drückenden Schwüle wich. Der unangenehme Geruch von Schwefel drang in seine Lungen. Ramos folgte den sensorischen Empfindungen, wandte sich nach rechts, trat aus dem heil gebliebenen Waldstück und zwischen verbrannte Kiefern hindurch. Er gelangte an eine zehn Meter hohe Felswand. Am Fuß des vulkanischen Gesteins gab es zahlreiche Rillen und Löcher. Aus einigen Öffnungen quoll hellgrauer, zischender Dampf.

Ramos tat einen hastigen Satz rückwärts, als ihn eine Woge der brennend heißen Dampfwolke im Gesicht berührte. Er spürte, dass seine Schuhe schwerer waren als sonst. Ramos senkte den Blick und erkannte, dass die Sohlen der Wanderstiefel klebrige Fäden zogen. Der Boden musste hier, mehrere Schritte von den Austrittsöffnungen entfernt, wenigstens hundert Grad heiß sein. Weshalb war das Gebiet nicht abgesperrt? Wussten die Wissenschaftler und Behörden nichts davon? Dieser Gasaustritt mochte ein Hinweis auf einen baldigen Ausbruch sein. Er musste die Sichtung umgehend melden!

Ramos wandte sich um – und sah sich einem Ungeheuer gegenüber. Die Gestalt war gebeugt, entstellt, verbrannt, hatte ein menschliches Antlitz aber rot glühende Augen. Ramos wich zurück.

Nicht rot glühend, schoss es ihm durch den Kopf. *Die Iris ist blutunterlaufen.*

Der Unbekannte sprang auf ihn zu, stieß ihn vor die Brust. Ramos schrie, stolperte und fiel rücklings zu Boden. Mit den Händen wollte er den Sturz abfangen, aber der Untergrund gab nach; nein, er gab nicht nach, er war nicht vorhanden. Feuriger Schmerz brandete seine Arme empor.

Heiß, viel zu heiß.

Ramos' Arme versagten, er kippte nach hinten. Kochender Dampf hüllte seinen Körper ein, rasende Pein verschlang seinen Geist. Das Letzte, das in Ramos' Bewusstsein drang, war ein Laut; vielleicht sein finaler Herzschlag, vielleicht irres Gelächter – oder aber das Dröhnen einer gigantischen Trommel.

Hamburg, Wandsbek, Bramfeld
Dienstag, 06. März, 19:30 Uhr

»Das ist ein humorvoller Film, keine Sorge.« Lorenz lächelte.

»Das hoffe ich für dich.« Sandra setzte eine strenge Miene auf. »Dieser Thriller letztes Mal war alles andere als lustig.«

»Ich weiß. Aber ich habe dir angeboten, dass wir aus dem Kino gehen.«

»Ja.« Sandra senkte den Blick. »Und ich habe abgelehnt. Früher war ich gern in solchen Filmen, aber seitdem das mit Michelle ... Ich habe mir gedacht, vielleicht kann ich mich wieder daran gewöhnen. Aber ich glaube nicht, dass das geht. Ich habe zu viel gesehen und erlebt, kann diese Geschichten nicht mehr als Geschichten sehen.«

»Das ist in Ordnung. Wie gesagt, *Honeymoon Suite* ist eine Liebeskomödie. Der Trailer war schon mal lustig, oder?«

»Ja, eh.« Sandra lächelte. »Ich glaube, das ist genau das Richtige für mich.«

Sie betraten den Kinosaal und ließen sich auf ihren Plätzen nieder. Der Film begann und er war tatsächlich spaßig, sogar witziger, als Sandra angenommen hatte. Nach der zweiten oder dritten Szene, in der sie beide herzhaft lachten, fanden sich ihre Hände wie von selbst. Sandras Herz klopfte, sie spürte Wärme in sich aufsteigen. Lorenz wandte ihr das Gesicht zu und grinste breit. Es war ein verdammt süßes Lächeln.

Er beugte sich in ihre Richtung. Sandra tat das Gleiche. Ihre Lippen näherten sich, berührten sich – ein Wirbelwind überschnappender Gefühle fegte durch Sandras Geist. Lorenz' Lippen waren weich, warm, er schmeckte gut; und offensichtlich konnte er auch küssen. Sandra wollte gar nicht mehr aufhören, wollte dichter an Lorenz rücken, die Wärme seines Körpers spüren, ihm ganz nah sein. Aber mitten in dieser Wunschvorstellung drängte sich ein anderer Gedanke auf: Michelle war mit Lorenz gegangen. Sie knutschte mit dem Freund ihrer Freundin!

Sandra zuckte zurück. Ihr Erschrecken musste sich deutlich auf ihren Zügen abzeichnen, denn auf Lorenz' Antlitz zeigte sich Betroffenheit.

»Was ist los?«, flüsterte er. »Es tut mir leid, wenn ich dich …«

»Nein.« Sandras Stimme war nur ein Hauch. »Das ist es nicht. Es ist wegen Michelle.«

Lorenz schien etwas sagen zu wollen, aber dann barg er in einer hilflosen Geste den Kopf zwischen den Händen und blickte in Richtung der Kinoleinwand.

Sandra hätte gern mit Lorenz gesprochen, ihm Vorwürfe gemacht. Sie wollte ihn anschreien, weshalb er den Kuss zugelassen hatte. Gleichzeitig wollte sie sich selbst so lange schütteln, bis ihre Unvernunft zur Vernunft kam und auf Nimmerwiedersehen verschwand. Sandra hatte das Gefühl, als würde sie Michelle verraten. Das konnte, das durfte sie nicht! Michelle war ihre beste Freundin. Sie war die Einzige, die sie niemals im Stich ließ, die Einzige, der sie alles erzählen konnte, die Einzige, mit der sie …

Falsch, drang es in Sandras Geist. *Du denkst so, als wäre Michelle noch an deiner Seite. Aber das ist sie nicht. Michelle ist tot.*

Sandra sank in ihren Sitz zurück. Sie spürte, wie ihr die Tränen kamen, wie sie kühl und feucht ihre Wangen hinabkollerten.

Michelle ist tot, wiederholte sie. *Egal was du tust, es wird sie nicht mehr bekümmern.*

Südtirol, Schlanders
Donnerstag, 15. März, 19:00 Uhr

Emma entdeckte es nur durch Zufall. Sie war gerade dabei, dem Haus einen Großputz zu unterziehen. Stundenlang fegte sie mit dem Staubsauger durch die Räume, schrubbte den Boden, wischte Tische und Schränke. Erst zum Schluss nahm sie sich Matteos ehemaliges Arbeitszimmer vor.

Die Kriminalbeamten und Experten der Spurensicherung hatten jeden Quadratzentimeter in der Kammer unter die Lupe genommen. Sie waren auf ein verstecktes Fach im Schreibtisch gestoßen, hatten eine Fotosammlung von einigen Opfern Matteos entdeckt und mehrere Phiolen beschlagnahmt, in denen sich eine trübweiße Flüssigkeit befand. Wie Emma von Bernhard erfahren hatte, handelte es sich dabei um eine mit Amphetaminen und Kokain versetzte Droge. Vermutlich hatte sie Matteo seinen Opfern gespritzt, um zu verhindern, dass sie vorzeitig das Bewusstsein verloren.

Emma öffnete die Tür zum Arbeitszimmer – und verharrte. Obgleich die Ereignisse mehr als zwei Monate zurücklagen, wurde sie augenblicklich von Erinnerungen überschwemmt. Mehr als eine Minute stand sie auf der Schwelle, unschlüssig, ob sie eintreten sollte.

So umfangreich die Funde der Kriminalisten auch waren, sie konnten einige Fragen nicht klären; etwa, woher Matteo und sein Bruder ihr Wissen über die Schritte der Polizei bezogen hatten oder wie es ihnen gelungen war, die Ermittler so lange zum Narren zu halten. Die Hypothese, dass die beiden Mörder einen Verbündeten hatten, wurde ebenfalls untersucht, musste aber mangels Indizien verworfen werden. Zuletzt blieb den Beamten nur die Annahme, dass Matteos und Rüdigers mentale Fähigkeiten weit über das hinausgingen, was Menschen in der Regel bewerkstelligen konnten.

Gabriel, dachte Emma und schloss die Augen. *Bist du da?*

Sie erhielt keine Antwort. Ihr Schutzengel hatte sich in den letzten Wochen kaum bemerkbar gemacht. Auch jetzt spürte sie weder seine Anwesenheit noch die einer anderen Wesenheit.

Sei kein Angsthase, befahl Emma sich selbst, riss die Augen auf und trat über den Halbkreis aus Salz, den sie hinter der Türschwelle gezogen hatte. Ohne ein weiteres Mal innezuhalten, schaltete sie den Staubsauger ein und brauste durch den Raum wie ein Wirbelwind. Sie schüttelte den Teppich aus, polierte den Glastisch in der Ecke, wischte über die Bücherrücken, fuhr mit einem Staubwedel das Regal entlang …

Ihre Armbewegung war zu stürmisch, zu unbedacht. Die Stoffquaste schoss über das Ende der Stellage hinaus und traf die afrikanische Ritualmaske an der Wand. Das verzerrte, bunt bemalte Holzgesicht kippte zur Seite und stürzte mit einem harten Knall zu Boden. Emma zögerte einen Moment. Diese Maske hatte sie noch nie leiden können. Jahrelang war sie in Blickrichtung der Zimmertür gehangen, hatte jedem Besucher einen dämonischen Blick zugeworfen.

Emma bückte sich und hob die Fratze auf. Ein Stück Holz war abgesplittert, die Ziegenhaare standen kreuz und quer. Außerdem wirkte der aufgerissene Mund verschoben.

Emma sah genauer hin. Tatsächlich, das Maul hatte sich verändert. Es sah aus, als wäre dahinter ein Hohlraum. Emma drehte die Maske um, aber die Rückseite erweckte den Eindruck, als hätte man das Gesicht aus einem einzigen Stück Holz geschnitzt. Sie wand den Gegenstand in ihren Händen – irgendetwas befand sich hinter der Zunge, direkt im finsteren Schlund des Dämons.

Emma schluckte. Bevor sie länger darüber nachdenken und womöglich ängstlich werden konnte, griff sie zwischen die geöffneten, dicken Holzlippen und fuhr mit ihren Fingern in den Rachen der Maske. Sie spürte Papier, gefaltetes Papier, und zog es hervor. Mehr als ein Dutzend klein beschriebene DIN-A5-Blätter hatte Matteo hier versteckt. Emma nahm den ersten Zettel zur Hand, öffnete ihn, begann zu lesen.

Oh mein Gott, dachte sie.

∞

»Es sind drei Personen«, betonte Emma. »Der Verfasser hat immer beide angesprochen, Matteo und Rüdiger.«

»Hier steht aber Hänsel und Gretel«, erwiderte der Polizeibeamte und wand das Blatt Papier in seinen behandschuhten Händen.

»Natürlich.« Emma verdrehte die Augen. »Wer immer das ist, spricht sicher nicht zwei Mörder mit dem Namen an.«

»Der Autor bezeichnet sich als König von Ulm. Klingt nicht besonders gefährlich.«

»Er wäre schön dumm, wenn er seinen richtigen Namen anführen würde.«

»Glauben Sie nicht, dass diese Texte von Ihrem Mann verfasst worden sind?«, meinte der zweite Kriminalist. »Außerdem erscheinen die Werke kaum verdächtig. Bei den Geschichten handelt es sich um märchenhaft abstruse Erzählungen.«

Emma musterte die Polizisten mit unverhohlenem Misstrauen. Hatte ihr die Zentrale ausgerechnet zwei minderbelichtete Beamte vorbeischicken müssen?

»Nein, das ist nicht Matteos Schrift. Und die Texte sind sehr wohl verdächtig.« Emma griff nach einem Zettel und deutete auf den Beginn des Briefes. »*Morgen am tief verschneiten Ostersonntag ziehen Hänsel und Gretel ihre Siebenmeilenstiefel an. Sie wissen, dass Baron von Peinlich seine Tochter im Land der Feen versteckt hält. Um dorthin zu gelangen, müssen sie durch den Wald der Dotterblumenhexe. Es heißt, dass die verlorenen Kinder der Hexe alle Rei-*

senden vom rechten Weg abbringen. Nur die Gebote des Königs können Hänsel und Gretel vor den Irrlichtern bewahren. Für mich klingt das nur auf den ersten Blick wie eine harmlose Geschichte. Ich glaube, dass sie Anweisungen enthält; Anweisungen, wie Matteo und Rüdiger vorgehen sollen.«

»Wie gesagt.« Der erste Beamte zuckte die Schultern. »Wir leiten das gern an unsere deutschen Kollegen weiter. Aber ganz ehrlich glaube ich nicht, dass die Notizen weiterhelfen. Die Briefe enthalten nur Nonsens.«

»Vielleicht eine Geheimschrift«, vermutete Emma. »Ein Code, den nur Matteo und Rüdiger verstanden haben.«

»Ja, vielleicht.« Der Polizist wirkte gelangweilt. »Ist sonst noch etwas?«

Emma wusste nicht, ob sie wütend oder enttäuscht sein sollte. Zugegeben, ihre Annahme war eine gewagte Hypothese und stützte sich mehr auf ein Gefühl als auf Tatsachen. Doch sie war davon überzeugt, dass sie recht hatte. Es *gab* einen Mitwisser von Matteos und Rüdigers schändlichem Treiben! Woher ihre Überzeugung kam, konnte sie nicht sagen, aber sie vermutete, dass Gabriel seine sphärischen Finger im Spiel hatte. Es war ernüchternd zu sehen, dass die Polizisten eine andere Meinung vertraten. Sollten sie nicht etwas mehr Diensteifer zeigen? Auch wenn Emmas Theorie falsch sein mochte, ging es doch um Beweismaterial in einem der dramatischsten Mordfälle der vergangenen Jahre; und alles, was die Beamten zu sagen hatte, war: »Ist sonst noch etwas?«. Es wäre besser gewesen, sie hätte sich sofort an Bernhard Lichtenberger, den bayerischen Polizeikommissar gewandt, der die Ermittlungen geleitet hatte. Jetzt konnte sie nur hoffen, dass sich die Südtiroler Polizei mit ihm in Verbindung setzte – denn diese beiden Beamten hier waren in jedem Fall ungeeignet.

»Nein, das war's«, erwiderte Emma mit spitzer Zunge. »Bis auf einen unbekannten und frei herumlaufenden Massenmörder kann ich nichts anbieten.«

Teneriffa, Santa Cruz
Freitag, 16. März, 16:00 Uhr Lokalzeit

»¿Va usted a bajar a tierra hoy?« – »Fahren Sie heute aufs Festland?«

Alejandro stellte die Kiste mit den Avocados am Oberdeck ab und wandte den Kopf. Auf der Mole stand die gebeugte Gestalt eines Mannes. Seine Gesichtszüge wurden von einer Kapuze und einem schwarzen Schal verhüllt. Der Unbekannte hatte in einwandfreiem Spanisch gesprochen, dennoch war Alejandro davon überzeugt, dass das nicht die Muttersprache des Fremden war. Auch hatte der Mann etwas an sich, das Alejandros Argwohn weckte. Vielleicht war es aber nur die Tatsache, dass der Besucher maskiert war und unerkannt bleiben wollte. Was das bedeutete, war nicht schwer zu erraten. Der Fremde hatte wohl Dreck am Stecken und suchte nach einer anonymen Überfahrt auf das spanische Festland. Aber da war er an den Falschen geraten, denn Alejandro würde niemals einen blinden Passagier …

Auf einmal lag etwas Grünes, Flaches in der Hand des Mannes. Ein Hunderteuroschein – nein, es waren sogar mehrere, vier oder fünf. Alejandros Finger juckten. Das war ein Drittel seines normalen Monatseinkommens. Ein üppiges Angebot für eine Fahrt, die kaum zwei Tage dauerte. Wenn der Unbekannte so freizügig mit den Geldscheinen war, mochte es Alejandro gelingen noch mehr herauszuschlagen.

Als hätte der Fremde Alejandros Gedanken erraten, wanderten zwei weitere Scheine in die offene Hand des Mannes. Alejandro schluckte. Er begriff, dass er sich bereits entschieden hatte – und das, obgleich ihm der Fremde immer unsympathischer wurde. Aber das Geld konnte er gut gebrauchen. Sehr gut sogar.

Ein dumpfes Grollen drang an Alejandros Ohr. Sein Blick wanderte über die Schulter des Mannes, richtete sich auf das Teide-Massiv. Der Berg hatte gesprochen. Zum wiederholten Mal an diesem Tag. Die meisten Erschütterungen waren schwach, aber das Erdbeben vor zwei Stunden hatte immerhin die Glasscheiben in seiner Wohnung erzittern lassen. Wie er mitbekommen hatte, wurden von den Behörden mal wieder Evakuierungen angedacht. Eigentlich hatte sich Alejandro eine Mahlzeit besorgen wollen, aber ein Gefühl sagte ihm, dass er nicht zu lange mit dem Auslaufen warten sollte. Er konnte auch an Bord speisen und von dem Ropa Vieja essen, das ihm seine Frau mitgegeben hatte.

Alejandro wandte sich dem Fremden zu. »Wir brechen in einer Stunde auf. Sie schlafen im Laderaum und lassen sich unter keinen Umständen an Deck blicken, bis wir in

Cádiz vor Anker liegen und es Nacht ist. Haben wir uns verstanden?«

»Ja.« Der Fremde nickte kaum merklich. »Ich werde keine Probleme bereiten.«

Bayern, Straubing, Polizeipräsidium Niederbayern
Freitag, 16. März, 17:00 Uhr

»Hallo, Bernhard, hier spricht Fred von der Verwaltung. Gerade hat die Südtiroler Polizei angerufen.«

Bernhards Mundwinkel wanderten nach oben. Das lag aber nicht an Freds Aussage, sondern an der Sprechweise des Beamten. Er lispelte hörbar, sprach das S wie »sch« aus und das Z wie »tsch«. Keine Ahnung, wer auf die Idee gekommen war, Fred an das Telefon des Präsidiums zu setzen.

»Lass mich raten«, erwiderte Bernhard. »Es hat mit Matteo Vill zu tun?«

»Richtig. Eine Polizeieinheit hat in seinem Haus neues Beweismaterial sichergestellt. Irgendwelche Notizzettel mit märchenhaften Texten.«

»Aha.«

»Die Beamten glauben nicht, dass es von Relevanz ist, aber Emma Vill, die Witwe des Täters, hat darauf bestanden, dass wir die Unterlagen erhalten.«

Bernhard war alles andere als erfreut, dass er sich erneut mit den Ereignissen rund um die mörderischen Zwillinge auseinandersetzen sollte. Aber wenn es sich bei dem Beweismaterial tatsächlich um belanglose Dokumente handelte, musste er das gar nicht.

»Sie sollen die Notizzettel in die Spurensicherung schicken«, sagte er. »Dort die Routineuntersuchungen und nachher die Texte einem Sprachanalytiker vorlegen. Wenn die Erhebungen neue Erkenntnisse bringen, möchte ich informiert werden, andernfalls wandern die Unterlagen ins Archiv.«

Bernhard beendete das Gespräch und wollte Feierabend machen, als das Telefon erneut läutete.

»Hallo, Sohnemann.«

Bernhard presste die Lippen aufeinander. Er konnte es nicht leiden, wenn ihn sein Vater auf diese Weise ansprach. Aber natürlich sagte er nichts.

»Hallo, Vater.«

»Du meldest dich in letzter Zeit so selten«, fuhr Gottfried fort. »Wie laufen die Ermittlungen im Fall Bocconcelli und Vill?«

Diese Informationen sind vertraulich und kann ich dir nicht weitergeben. Bernhard sagte es nicht, er dachte es nur. Genau das wäre die einzig rechtmäßige Antwort gewesen. Aber Rechtmäßigkeit hatte sein Vater noch nie gelten lassen, nicht bei solchen Dingen. Als ehemaliger Landespolizeipräsident war er gewohnt, und erwartete es auch, alle Informationen zu erhalten, nach denen er verlangte.

»Sind abgeschlossen. Zumindest vorläufig.«

»Das freut mich. Ein weiteres Kapitel unmenschlicher Grausamkeit ist aufgeklärt. Ich gratuliere dir noch einmal zu deinem Erfolg.«

»Danke.«

»Wie geht es Dolores?«

Bernhard war irritiert, dass sein Vater seine Exfrau ins Spiel brachte. Gewöhnlich interessierte er sich nicht für derlei Dinge. Ihre Gespräche in den vergangenen Jahren hatten fast ausschließlich beruflichen Charakter gehabt.

»Ich denke gut. Seit Teneriffa ist unser Kontakt wieder eingeschlafen.«

»Also keine Chance, dass ihr noch mal zusammenkommt?«

Bernhards Irritation wuchs. Worauf wollte Gottfried hinaus? Sein Vater war niemand, der solche Fragen stellte. Die Antworten interessierten ihn überhaupt nicht.

»Nein. Ich bin in meinem Singledasein sehr glücklich.«

»Das dachte ich auch mal von mir.«

Du hast Mama verstoßen, wollte Bernhard sagen – nein, schreien –, aber er beherrschte sich. Es gab einiges, das er jetzt zur Sprache bringen konnte, aber wie üblich tat er es nicht. Dies war nicht der richtige Zeitpunkt für solche Dinge. Einen passenden Zeitpunkt gab es nicht. Nicht bei Gottfried.

»Wie geht es deiner Tochter?«

Bernhard hörte auf sich zu wundern. Sein Vater führte etwas im Schilde, das war ihm inzwischen klar. Aber bis er damit herausrückte, würde Bernhard so tun, als ahnte er nichts.

»Gut. Sie und ihr Mann wollen in eine neue Wohnung ziehen.«

»Wer weiß, vielleicht wirst du bald Großvater.«

Daran hatte Bernhard auch schon gedacht. Aber bislang hatte Sonja keine entsprechende Andeutung fallen gelassen. Womöglich gab es demnächst eine Überraschung; eine angenehme Überraschung, denn Bernhard war seit Teneriffa davon überzeugt, dass Raphael der richtige Mann für seine Tochter war.

»Ja, vielleicht. Was willst du?«

Nun war es geschehen, er hatte es ausgesprochen. Bernhard wollte nicht länger warten. Sein Vater sollte endlich Klartext sprechen. Das bereitete ihm doch normalerweise keine Probleme.

»Ich möchte dich treffen«, erwiderte Gottfried.

»Gibt es einen speziellen Anlass?«

»Das ist nichts fürs Telefon.«

Bernhard war irritiert. Was sollte er von dieser Ansage halten? Eine der wenigen positiven Eigenschaften seines Vaters war, dass er die Dinge unumwunden und direkt ansprach. Wenigstens war das bislang so gewesen.

»Ende des Monats kann ich es mir einrichten«, fuhr Bernhard fort. »Wie wäre es mit Samstag, einunddreißigster März?«

»Ist notiert. Wir treffen uns in München. Den genauen Ort teile ich dir noch mit. Schönen Tag, Sohnemann.«

Bernhard murmelte eine Abschiedsfloskel und legte den Hörer auf. Erinnerungen überrollten ihn. Unschöne Erinnerungen. Er sah seine Mutter, zusammengesunken in einer Ecke des Raums. Ihre leeren Augen erfassten ihn nicht, starrten durch ihn hindurch. Er sah seinen Vater, hoch aufgerichtet, den Lederriemen in der Hand. Er sah sich selbst, weinend unter der Bettdecke verkrochen. Und er sah das Lächeln auf Gottfrieds Zügen – ein Lächeln, das so sanft war, wie die Berührung einer Engelsfeder.

Spanisches Festland, Cádiz
Sonntag, 18. März, 15:00 Uhr Lokalzeit

Das Schiff musste seit den frühen Morgenstunden im Hafen vor Anker liegen, war aber bislang keinem Arbeiter oder Frachtagenten aufgefallen. Erst bei einer Routinekontrolle wurde festgestellt, dass noch niemand die Ladung des Bootes gelöscht hatte. Der Hafenmeister und ein Stellflächenplaner gingen an Bord, nachdem auf Zurufe keine Antwort erfolgt war. Sie durchkämmten das Schiff von oben bis unten, aber der Kahn war verlassen, die Ladung zur Gänze unangetastet.

Der Eigentümer des Bootes war rasch ermittelt: Alejandro González López, wohnhaft auf Teneriffa, verheiratet, zwei Kinder, selbstständiger Schiffskapitän, Transporteur exquisiter kanarischer Güter zum spanischen Festland. Von ihm fehlte jede Spur. Auch wusste niemand seiner Angehörigen in Cádiz, wo er sich befand oder aufhalten könnte. An Bord entdeckte man seine persönlichen Gegenstände, darunter auch seine Geldbörse, die ebenso unberührt waren wie das Transportgut.

Zunächst sträubte sich die Hafenleitung gegen das Einschalten der Polizei, aber da auch am nächsten Tag kein Hinweis auf den Verbleib des Kapitäns eintraf, wurde die Behörde informiert. Die zuständigen Ermittler fanden heraus, dass zwei spielende Kinder Sonntagmorgen eine dunkle, gebeugte Gestalt gesehen hatten, die vom Schiff gehuscht und in der Dämmerung verschwunden war. Weitere Erhebungen zeigten jedoch, dass sich die Kinder fast einen Kilometer entfernt an einer anderen Stelle des Hafens aufgehalten und nur einen illegal eingereisten Flüchtling beobachtet hatten.

Nach umfangreichen Untersuchungen kamen die Ermittler zu dem Schluss, dass ein Gewaltverbrechen ausgeschlossen werden konnte. Als wahrscheinlichste Theorie zum Verbleib von Kapitän López kristallisierte sich jene heraus, wonach er beim Einlaufen in den Hafen kurz von Bord hatte gehen wollen, dabei ins Meer gefallen und ertrunken war. Vermutlich hatte die Ebbe seine Leiche hinaus in den Atlantik getragen.

Schlussendlich wurde der Fall ad acta gelegt und Alejandro González López für vermisst erklärt. Weder der Polizei noch einem Mitarbeiter des Hafens fiel auf, dass die Mengenangaben im Logbuch und die geladene Fracht nicht übereinstimmten. Tatsächlich fehlte eine Kiste mit Avocados. Selbst wenn jemand auf diese Unstimmigkeit gestoßen wäre, hätte er sich nichts dabei gedacht. Ein paar verschwundene Avocados bedeuteten noch lange kein Verbrechen – und sicher keinen Mord.

Wien, Hernals
Samstag, 24. März, 23:00 Uhr

Ferdinand betrachtete sein Gesicht und die Gestalt im Spiegel. Der Anblick war wenig vertrauenerweckend. Sein hagerer Körper war seit den Ereignissen im Januar noch dünner geworden. Dies mochte daran liegen, dass er in den letzten Wochen kaum ausreichend gegessen hatte. Zudem wirkte sein Gesicht fahl und eingefallen. Die tiefen, dunklen Augenringe hatten sich festgefressen wie heißer Teer. Wahrscheinlich würden sie nie mehr verschwinden. Auch die Züge auf seinem Antlitz hatten sich verändert. Wo früher Reife und Strenge gesessen hatten, lagen jetzt Müdigkeit und Verbitterung; eine Verbitterung, die sich nicht nur in seinem Gesicht wiederfand, sondern sich auch in der schlampigen Kleidung und den energielosen Bewegungen spiegelte. Er hätte genauso gut als wandelnde Leiche durchgehen können.

Vielleicht bin ich das ja, dachte Ferdinand, wandte sich um und ging ins Wohnzimmer. Die Wodkaflasche am Tisch war zur Hälfte gefüllt. Die andere Hälfte hatte er im Lauf des Abends geleert. Er war deutlich trinkfester geworden. Vor drei Monaten wäre er nach dieser Menge Alkohol längst kotzend über der Toilettenschüssel gehangen.

Ferdinand ergriff die Wodkaflasche und marschierte zum Sofa. Er merkte, dass sein Gang unrund war und sein Sichtfeld bisweilen verschwamm. Aber das machte nichts. Wer ohnehin nicht mehr lange zu leben hatte, brauchte nicht nüchtern zu bleiben.

Ferdinand wollte sterben. Der Entschluss war während der vergangenen Stunden gereift, irgendwo zwischen dem fünften und zehnten Schluck Wodka. Wie er es anstellen wollte, wusste er noch nicht, liebäugelte im Moment aber mit einem Autounfall oder einem Sprung von der Brücke.

Vielleicht griff er auch auf seine Medikamentensammlung zurück. Aber diese Form des Ablebens erschien ihm doch etwas zu unsicher.

Während Ferdinand über seinen Suizid sinnierte, merkte er nicht, wie er müder und müder wurde. Es gelang ihm noch, die Wodkaflasche am Boden abzustellen, dann sank sein Kopf auf das Sofakissen und er fiel in einen unruhigen Schlummer.

∞

Ferdinand erwachte durch das Klingeln an der Tür. Schlaftrunken sah er sich um, blinzelte, wusste im ersten Moment nicht, wie er auf das Sofa gelangt war. Dann fiel ihm der gestrige Abend ein – und die Tatsache, dass seine Schwester Lydia vorbeikommen wollte, um ihm Moritz und Samuel zurückzubringen.

Es läutete erneut.

Ferdinand schnellte hoch. Er blickte an sich herab und stellte fest, dass er in seinem momentanen Zustand unmöglich die Tür aufmachen und seine Kinder in Empfang nehmen konnte. Ferdinand wankte ins Bad, wusch sich das Gesicht, putzte die Zähne und war gleichzeitig damit beschäftigt, sich saubere Klamotten überzustreifen. Zuletzt fuhr er sich mit gespreizten Fingern durch die Haare. Das änderte nicht viel, aber wenigstens stand sein Kopfhaar nicht mehr ab wie bei einem Igel.

Das Läuten an der Tür war beständig energischer geworden. Dazu erklang die aufgeregt klingende Stimme seiner Schwester. Ferdinand hetzte zum Eingang. Er schüttelte den Kopf wie ein räudiger Köter, in der Hoffnung, ein wenig seiner gestrigen Eskapaden abschütteln zu können, und zog die Tür auf.

Lydias Blick zeigte ihm, dass sie sofort begriff, was Sache war. Nicht so Moritz und Samuel. Seine Söhne lachten, sprangen auf ihren Vater zu und umarmten ihn. Lydia zog die Nase kraus. Vermutlich roch Ferdinand wie ein Obdachloser von der Straße. Es war ein Wunder, dass seinen Söhnen der Gestank nicht auffiel – oder sie nicht anekelte.

»Eigentlich wollte ich nur Moritz und Samuel zurückbringen und wieder fahren«, bemerkte Lydia. »Aber wenn ich dich so ansehe, werde ich das nicht tun.«

Sie drückte ihren Bruder beiseite und trat ins Haus. Ohne einen weiteren Kommentar begann sie aufzuräumen. Die Wodkaflasche, Essensreste und leere Snacktüten verschwanden ebenso, wie das schmutzige Geschirr in der Küche und die verstreut liegenden Kleidungsstücke.

»Papa, ich kann schon eine Minute auf den Händen stehen!«, rief Moritz ausgelassen und hopste auf das Sofa.

»Oh, das ist toll.« Ferdinand war es peinlich, wie er sich seinen Söhnen gezeigt hatte. Gleichzeitig war er unendlich dankbar dafür, dass seine Kinder nicht auf sein Äußeres achteten und kein Wort über den unangenehmen Geruch im Haus verloren.

»Ich werde lüften«, sagte Lydia, deren Nasenflügel verdächtig flatterten.

»Gute Idee.« Ferdinand verzog das Gesicht. »Hätte ich längst tun sollen.«

»Hauptsache, wir bekommen jetzt frische Luft. Hat dir Samuel schon erzählt, dass er kleine Welpen gehalten hat?«

»Ja!« Samuel klatschte in die Hände. »Die sind so süß und knuffig. Papa, ich will einen Hund!«

»Ein Tier bedeutet Verantwortung«, erwiderte Ferdinand. »Du musst es füttern und pflegen und ...«

»Oh, bitte, Papa! Ich werde mich ganz viel kümmern.«

»Samuel hat unseren Hund versorgt«, erzählte Lydia. »Er ist mit ihm Gassi gegangen, hat ihn gefüttert, das Fell gebürstet und versucht, ihm einen Trick beizubringen.«

»Ja, aber es hat nicht geklappt.« Samuel zog eine Schnute. »Ich wollte, dass Cookie auf den Hinterbeinen geht.«

»Wenn du es lang genug mit ihm übst, dann schaffst du es sicher«, meinte Ferdinand. »Genau«, bestätigte Lydia. »Cookie ist sehr gelehrig.«

»Dann gehe ich im Handstand und Cookie auf den Hinterbeinen.« Moritz lachte übermütig und tollte mit seinem Bruder durch das Zimmer.

Während der folgenden Minuten wurde Ferdinand zunehmend gelöster. Seine Anspannung, die Verbitterung und seine trüben Gedanken verschwanden, wichen Heiterkeit und Lebensfreude. Ferdinand spielte mit Moritz und Samuel Uno, half Lydia beim Mittagessen und musste herzhaft lachen, als Samuel seinen Bruder einen »doofen Blondkopf« nannte. Es tat gut, wenn man so lebendige Kinder hatte und es eine Person gab, die sich um andere sorgte. Ferdinand warf Lydia einen dankbaren Blick zu.

»Geht es dir besser?«, fragte seine Schwester leise.

»Ja, viel besser.« Ferdinand sah aus dem Fenster. »Das Wetter ist schön. Wollen wir nach dem Essen den Drachen steigen lassen?«

Die Begeisterungsschreie seiner Söhne vermischten sich mit Lydias mildem Lächeln. Ferdinand begriff, dass er sich geirrt hatte. Die gestrigen Empfindungen und Gedanken entsprachen nicht den wahren Gefühlen, die aus seinem Inneren drangen. Sein Leben war noch nicht vorbei. Es gab so viel, das er seinen Kindern, seiner Familie und Freunden geben konnte, darunter Freude, Hoffnung – und Liebe. Weshalb sollte er schon jetzt einen Schlussstrich ziehen, für immer aus dieser Welt verschwinden? Ferdinand wollte nicht sterben, nicht mehr. Er musste es versuchen. Er durfte nicht aufgeben.

Always look on the bright side of life, dachte Ferdinand und lächelte.

München, Au-Haidhausen, Restaurant Mitani
Freitag, 30. März, 18:30 Uhr

»Du hast heute ja richtigen Appetit.« Raphael grinste von einem Ohr zum anderen.

Sonja hörte auf, sich Maki in den Mund zu stopfen, und warf ihrem Mann einen bösen Blick zu. »Isch bin schwanga.«

»Mit vollem Mund spricht man nicht.«

Raphael unterdrückte einen Schmerzenslaut, als ihn Sonjas Fuß am Schienbein traf. Er grinste noch immer.

Sonja kaute, schluckte und verschränkte die Arme. »Willst du mir irgendetwas sagen?«

»Du hast zugenommen.«

»Haha. Sehr witzig.«

»Ich würde sagen – ohne dich heute Morgen dabei beobachtet zu haben, wie du mit großen Augen auf der Waage gestanden bist – dass es inzwischen drei Kilo sind. Mindestens.«

»Und? Stört es dich?«

»Natürlich! Glaubst du, ich will, dass meine Frau aufgeht wie ein Hefeteig und ...«

»Vorsicht.« Diesmal klang Sonjas Stimme ernsthaft böse. »Übertreib es nicht.«

Raphaels Grinsen verschwand. »Tut mir leid.«

»Das hoffe ich. Mein nächster Tritt wird wirklich schmerzhaft.«

Raphael spürte, dass er den Bogen nicht überspannen sollte. Obwohl Sonja Ironie und Sarkasmus nicht abgeneigt war, gab es doch eine Grenze, die im Moment enger sein mochte als gewöhnlich. Wenn die Hormone verrücktspielten, musste man mit gewissen Veränderungen der Persönlichkeit rechnen.

»Deine Übelkeit von heute Morgen ist verschwunden, oder?«

»Würde ich sonst so viel essen?« Sonjas Gesichtsausdruck entspannte sich. »Ich hoffe, dieser Brechreiz in der Früh legt sich bald. Es fühlt sich jedes Mal so an wie damals, als ich mit meinen Eltern in Kroatien am Meer unterwegs war und seekrank geworden bin. Das wünsche ich niemanden.«

»Auch mir nicht?«

»Nein, auch dir nicht.« Sonjas Miene blieb ernst.

»Wie geht es dir mit dem Zucker?«

»Unverändert. Ich habe keine Symptome oder erhöhten Werte, obwohl ich seit mehr als drei Wochen kein Insulin genommen habe.«

Raphael schwieg und senkte den Blick. Seine Erinnerungen wanderten zurück an jenen Tag im Januar, als Sonja um ein Haar an einer Hyperglykämie gestorben wäre. Niemals wieder wollte er, dass seine Frau in eine solche Situation geriet.

»Die Ärztin hat gemeint, dass mein Verlauf ungewöhnlich ist«, fuhr Sonja fort. »Mein Diabetes war zwar nie besonders ausgeprägt, aber trotzdem kommt es selten vor, dass Zuckerkranke während der Schwangerschaft kein Insulin spritzen müssen. Auch wenn es nur am Anfang so ist.«

Raphael sah auf. »Wie meinst du das?«

»Es wird vermutlich nicht so bleiben.« Sonja verzog die Lippen. »Ab dem fünften Monat wird es immer wahrscheinlicher, dass die Zuckerwerte zu hoch sind. Ich muss also regelmäßig messen. Aber wenn wir schon bei unseren körperlichen Leiden sind – wolltest du nicht zum Augenarzt?«

Raphael fand auf einmal großes Interesse an seinem gebratenen Reis. Er stocherte darin herum, aß ein paar Bissen, trank von seiner Apfelschorle, knabberte an dem Linsenbrot, widmete sich dem Lachsfilet ...

»Raphael? Hast du mich gehört?«

»Ja. Und nein, ich war noch nicht beim Augenarzt.«

»Du hast Angst, dass deine Sehkraft wieder schlechter geworden ist?«

»Sie ist schlechter geworden. Selbst mit Kontaktlinsen ist in der Entfernung alles unscharf.«

»Was bringt es, wenn du wartest, bis du gar nichts mehr erkennst?«

»Ich kann mir einreden, dass es wieder besser wird.«

Sonja verschränkte die Arme. »Weißt du, ich könnte jetzt sagen: typisch Mann! Aber ich bin eine nette Ehefrau und sage: Du machst dir nächste Woche einen Termin aus, sonst verbiete ich dir das Autofahren.«

»Ach, komm. So schlimm ist es nun auch wieder nicht.«

»Wie viel Dioptrien hast du im Moment?«

»Mehr als vier.«

»Wie viel erkennst du ohne Sehhilfe?«

»Wenig.«

»Da wundert es dich, dass ich mir Sorgen mache? Wie wäre es, wenn du es mal mit einer Brille versuchst. Angeblich ist das besser für die Augen.«

»Ich weiß nicht. Mit einer Brille fühle ich mich immer ... wie ein alter Mann.«

»Du bist ein alter Mann.« Sonja kicherte.

»Na hör mal! Ich bin zweiunddreißig, das ist doch nicht alt.«

»Du bist sieben Jahre älter als ich. Daher: alter Mann.«

»Dafür hast du vor Kurzem das Vierteljahrhundert geknackt. Auch alles andere als jugendlich.«

»Wenn du meinst.« Sonja lächelte.

Gegen seinen Willen musste auch Raphael grinsen und griff nach Sonjas Hand.

»Ich liebe dich, mein Schatz«, sagte er. »Und du hast recht. Ich werde zum Augenarzt gehen.«

»Ich finde, eine Brille steht dir. Du schimpfst doch andauernd, dass deine Augen mit den Kontaktlinsen so trocken sind.«

»Stimmt auch wieder. Ich werde es mir überlegen.«

Sonja strich über Raphaels Handrücken. »Es ist ein seltsames Gefühl, wenn ich mir vorstelle, dass in meinem Bauch ein neues Leben heranwächst. Das klingt ... wie ein Wunder.«

»Es ist ein Wunder. Vielleicht das größte überhaupt.«

»Da hast du recht. Ich werde meinem Vater sagen, dass ich schwanger bin. Ich finde, er soll es erfahren, noch bevor es offensichtlich wird.«

»Dolores weiß es aber schon?«

»Ja, das habe ich dir doch erzählt. Sie hat sich sehr gefreut.«

»Du glaubst, dein Vater freut sich ebenso?«

»Das hoffe ich für ihn. Sonst schwöre ich, wird er die kleine Hannah niemals zu Gesicht bekommen.«

»Moment mal ... Hannah? Ich dachte, der Ultraschall war nicht eindeutig? Außerdem weiß ich nicht, ob mir der Name ...«

»Darüber reden wir später.« Sonja rieb sich den Bauch und winkte einem Kellner. »Jetzt muss ich erst mal was essen.«

München, Schwabing-Freimann, Restaurant Tantris
Samstag, 31. März, 13:00 Uhr

»Danke für die Einladung.« Bernhard wischte sich den Mund mit einer Serviette ab. »Das Essen war ausgezeichnet.«

Gottfried musterte seinen Sohn abschätzend, blieb aber still. Bernard stellte fest, dass sich die dichten, weißen Haare auf dem Haupt seines Vaters seit ihrer letzten Begegnung gelichtet hatten. Die Falten auf seinem Gesicht waren tiefer geworden und etwas lag auf seinen Zügen, das nichts mit dem überheblichen Selbstbewusstsein zu tun hatte, das seinen Vater gewöhnlich kennzeichnete.

»Ich habe Krebs«, sagte Gottfried so sachlich, als würde er von seinem letzten Waldspaziergang erzählen. »Im Endstadium. Die Ärzte geben mir noch ein paar Monate.«

Bernhard horchte in sich hinein, aber da war nichts – keine Empfindung von Überraschung, Bedauern oder gar Bestürzung. Sein Geist nahm diese Information ohne jede Gefühlsregung auf, als wäre sie unbedeutend. Vielleicht war sie das auch.

»Ich erwarte weder Anteilnahme noch Mitgefühl von dir. Du kennst meine Fehler und ich weiß, dass du sie mir nie verziehen hast und nie verzeihen wirst. Deshalb verzichte ich auf Gefühlsduseleien und rührselige Entschuldigungen. Es hat zwei Gründe, weshalb ich dir von meiner Krankheit erzähle. Erstens, weil ich will, dass du Bescheid weißt, wenn dämliche Gerüchte in Umlauf kommen – und die werden auftauchen, denn ich hänge mein Leiden nicht an die große Glocke. Und zweitens, weil ich dir die Gelegenheit geben möchte, mir all das mitzuteilen, was du mir schon lange sagen willst. Ich bin mir sicher, da gibt es einiges.«

Gedanken, Fragen und Erinnerungen schwirrten durch Bernhards Geist. Zwei- oder dreimal hatte er die heiklen Punkte angesprochen. In allen Fällen war das Ergebnis ein handfester Streit gewesen – ohne, dass die offenen Fragen geklärt worden wären. Weshalb sollte es jetzt anders sein? Bernhard konnte sich nicht vorstellen, dass sein Vater durch das Wissen um seinen baldigen Tod einen Sinneswandel erfahren hatte. Oder etwa doch?

»Warum hast du Mutter verlassen?«

Da war sie, eine der ganz großen entscheidenden Fragen. Er hatte sie laut ausgesprochen; ohne zu reflektieren, ob es richtig war, ausgerechnet damit zu beginnen – und ohne sich sicher zu sein, dass er die Antwort hören wollte.

Gottfried seufzte und sank in seinen Stuhl. »Ich weiß, was du denkst. Dass ich ihr überdrüssig war. Dass ich ihre Schwermut nicht länger ertragen habe. Aber das stimmt nur zum Teil. Vor allem wollte ich sie vor mir selbst schützen.«

Bernhard schnaubte abfällig. »Wie gütig, nach all dem, was du ihr angetan hast. Deine altruistische Anwandlung kam zu spät. Du hast sie verstoßen und damit ihr Todesurteil unterschrieben. Du wusstest, dass sie ohne dich nicht existieren kann.«

»Das stimmt nicht. Ich hätte niemals gedacht, dass sie sich das Leben nimmt.«

»Sie hat es oft genug angekündigt.«

Gottfried vollzog eine wegwerfende Handbewegung. »Das waren leere Drohungen, nichts weiter.«

Bernhard wollte auffahren, aber er riss sich zusammen. Es nützte nichts, seinen Vater anzuschreien. Eine solche Reaktion brachte Gottfrieds stoische Gelassenheit zutage, die glatt und kalt war, wie ein still daliegender Bergsee.

»Weshalb wolltest du nicht, dass ich Polizist werde, so wie du?«

Gottfried lächelte schwach. »Auf diese Frage habe ich gewartet. Ein Grund waren die hohen Erwartungen, die ich und alle anderen in dich setzen mussten. Damals glaubte ich nicht, dass du dem gewachsen sein wirst.«

»Weil ich unter deiner Herrschaft kein gesundes Selbstbewusstsein entwickeln konnte.«

Gottfried ignorierte den Seitenhieb und fuhr fort: »Ein anderer Grund war, dass ich wusste, was es bedeutet, jahrelang im Polizeidienst tätig zu sein. Die emotionalen Extremsituationen, insbesondere im Kriminaldienst, zehren an der Substanz. Es gibt einige, die darin ausbrennen und ihre Begeisterung und Lebensfreude verlieren.«

»Sag bloß, das hätte dich belastet.«

Diesmal glaubte Bernhard leise Betroffenheit auf den Zügen seines Vaters zu erkennen.

»Natürlich hätte es das. Du bist mein Sohn, verdammt noch mal!«

»Viel habe ich davon nicht gespürt.«

Gottfried holte tief Luft. »Zugegeben. Meine Erziehungsmethoden waren nicht ... zeitgemäß.«

Bernhard verkniff sich jeden kritischen Kommentar und meinte nur: »Du hättest dich ändern können.«

»Denkst du das wirklich? Als Vater und Ermittler solltest du wissen, dass sich erwachsene Männer niemals ändern.«

Da irrst du dich, dachte Bernhard. *Ich habe Sonja freigegeben, meine übertriebene Fürsorge abgelegt. Es war schwer, aber es ist mir gelungen.*

»Du hast es nicht einmal versucht«, erwiderte Bernhard.

»Ich hätte mich mehr bemühen sollen, da gebe ich dir recht. Das war ein Fehler, aber Reue führt zu nichts. Es ist nun mal geschehen.«

Typisch Vater, dachte Bernhard. *Als ob er jemals Reue empfunden hätte.*

»Was wirst du tun mit der restlichen Zeit, die dir bleibt?«

Gottfried musterte seinen Sohn lang und abschätzend. »Ein paar Dinge regeln. Längst Überfälliges abarbeiten. Vielleicht eine Reise machen.«

Kein Wort davon, dich mit deiner Familie auszusöhnen. Auch gut. Damit war das Thema für Bernhard erledigt. Wenn Gottfried entgegen seines Namens keinen Frieden wollte, dann eben nicht.

»Fürchtest du den Tod?«

Die Frage hatte Bernhard gar nicht stellen wollen. Sie war ihm herausgerutscht, doch vielleicht hatte sie schon länger auf seiner Zunge geschlummert.

Ein undefinierbarer Ausdruck legte sich auf Gottfrieds Züge.

»Nein«, sagte er dann. »Höchstens das, was danach kommt.«

Erst als Bernhard allein war und zu seinem Wagen zurückging, fiel es ihm auf. Er hatte sich nicht bei seinem Vater bedankt. War es richtig gewesen, ohne ein paar versöhnliche Worte Abschied zu nehmen? Es war möglich, dass er Gottfried niemals wiedersah. Andererseits wusste Bernhard nicht, wofür er sich hätte erkenntlich zeigen sollen. Besonders zahlreich waren die positiven Erlebnisse nicht. Davon abgesehen hatte sich auch Gottfried nicht entschuldigt; nicht für das, was er ihm angetan hatte, nicht für das, was seine Mutter erdulden musste.

Bernhard fühlte in sich hinein, aber das Einzige, das er mit Sicherheit empfand, war Gelassenheit – und eine Anwandlung entspannter Erleichterung.

Es war gut, dass Gottfried starb. Sein Vater hatte den Tod mehr als verdient.

Frankreich, Lyon, Güterbahnhof Sibelin
Mittwoch, 04. April, 07:00 Uhr

Jean wünschte sich, ihm wäre die halboffene Waggontür nicht aufgefallen. Er hätte nicht auf seinen Instinkt, nicht auf seine innere Stimme hören sollen, die leise aber nachdrücklich behauptet hatte, dass hier etwas nicht stimmte. Nun stand er am Eingang des Eisenbahnwagens und starrte auf den hässlichsten und übel riechendsten Obdachlosen, den er je gefunden hatte. Der Mann schlief, hatte die Augen geschlossen. Seine Atemzüge gingen unruhig, immer wieder war ein hässliches Kratzen und Schaben zu vernehmen. Jean hätte es nicht gewundert, wenn der Typ an Tuberkulose erkrankt war oder zumindest an einer schweren Lungeninfektion litt. Ein Teil seines Gesichts war entstellt, vermutlich verbrannt, auch der freie Arm, den Jean erkennen konnte, war von Brandmalen bedeckt. Ungezähmter, verklebter Bart wucherte auf den Zügen des Fremden und das Haar sah aus, als hätte es seit Monaten weder Seife noch eine Bürste gesehen. Neben dem Unbekannten lagen ein großer, fleckiger Ranzen, ein Wanderstock und ein schäbiger Stoffsack.

Jean trat ein paar Schritte zurück und zog sein Handy hervor. Prinzipiell hätte er die Angelegenheit selbst regeln und den Unbekannten freundlich aber nachdrücklich dazu auffordern können, den Waggon zu verlassen. Die meisten Obdachlosen ließen sich von scharfen Worten beeindrucken und nahmen Reißaus. Bei diesem Mann war sich Jean nicht so sicher. Vielleicht lag seine Zurückhaltung aber auch an dem bedauernswerten Äußeren des Fremden; oder an seinem Verdacht, dass der Unbekannte an Tuberkulose leiden mochte. Es war besser, er informierte den Sicherheitsdienst. Das Personal war für solche Fälle ausgebildet und sollte sich darum kümmern.

»Hallo?« Jean drückte das Handy ans Ohr. »Ich habe da etwas für euch.«

Es dauerte fünfzehn Minuten, bis die drei Männer von der Security bei ihm eintrafen. Jean erklärte ihnen, wen er im Zug entdeckt hatte und dass er vermutete, der Unbekannte könnte an einer ansteckenden Krankheit leiden. Zu viert stiegen sie in den Waggon – nur um festzustellen, dass der Fremde verschwunden war. Ein paar schmutzige Tücher und eine Avocadoschale waren alles, was der Mann zurückgelassen hatte. Wie er aus dem Eisenbahnwagen hatte entkommen können, obwohl Jean nur wenige Meter daneben gestanden hatte, konnte sich auch der Bahnbedienstete nicht erklären.

»Nun gut«, sagte Jean, als klar wurde, dass der Mann nicht wieder auftauchen würde. »Ich schreibe einen Bericht und das war's. Danke für eure Hilfe.«

Die Sicherheitskräfte nickten und entfernten sich. Jean setzte die Inspektion der Eisenbahngarnitur fort. Dabei konnte er nicht verhindern, dass sein Blick immer wieder auf jenen Waggon fiel, in dem der Unbekannte geschlafen hatte. Insgeheim war Jean erleichtert, dass der Obdachlose geflohen war und er sich nicht mit ihm auseinandersetzen musste. Sein Gefühl sagte ihm, dass der Fremde Probleme bereitet hätte. Große Probleme.

Hamburg, Wandsbek, Bramfeld
Mittwoch, 11. April, 19:00 Uhr

»Schatz, wir wollen doch nur, dass es dir gut geht.«

»Ist mir egal.« Sandra schnaubte durch die Nase. »Ich gehe nie wieder dorthin!«

»Aber es ist wichtig, dass du ...«

»... mit jemandem darüber sprichst. Ich weiß, Mama.«

Judith warf ihrem Mann einen besorgten Blick zu. »Sag du mal was, Felix.«

»Deine Mutter hat recht«, betonte er. »Du weißt selbst, was die Therapeutin gesagt hat. Nach dem, was du durchgemacht hast, solltest du nicht ...«

»Mit geht's gut, verdammt noch mal!«

Sandra spürte die Wärme an ihren Ohren und wusste, dass sie sich rot verfärbt hatten, so wie immer, wenn sie aufgeregt war. Aber das bekümmerte sie nicht. Sie wollte nicht mehr zu diesem Psychodoc, den ihre Eltern *Coach* nannten, nur um nicht auszusprechen, dass ihre Tochter einen Psychiater brauchte. Sandra hatte genug davon, genug von seinem neunmalklugen Palaver und den öden Stunden in der Praxis. Mit den beginnenden Klausuren hatte sie ohnehin immer weniger Freizeit, da wollte sie diese nicht mit etwas vergeuden, das ihrer Meinung nach längst überflüssig geworden war.

»Schon deine Reaktion zeigt, dass das nicht stimmt«, meinte Felix. »Wir sind davon überzeugt, dass du noch einiges aufarbeiten musst. Deshalb wirst du dich weiter coachen lassen.«

»Ich will aber nicht.«

»Das war keine Bitte.«

»Es ist mein Leben!«, schrie Sandra. »Ihr könnt nicht über mich bestimmen!«

Sie stürmte aus dem Raum, ignorierte die Rufe ihrer Eltern und schloss sich in ihrem Zimmer ein. Mit Tränen in den Augen ließ sie sich auf das Bett fallen. Wie selbstverständlich tastete sie nach ihrem Smartphone und wählte eine Nummer.

»Hallo, Lorenz«, sagte sie und konnte nicht verhindern, dass ihr ein Schniefen entwich.

»Sandra, weinst du etwa?«

»Nein, ich ... okay, ein bisschen.«

»Was ist passiert?«

»Meine Eltern, sie ...« Sandra holte tief Luft. »Sie glauben, sie wissen alles besser; was gut für mich ist, was ich tun soll, bla, bla, bla.«

»Verstehe, das nervt. Magst du dich mit mir treffen? Ich bin sicher, mir fällt etwas ein, mit dem ich dich aufheitern kann.«

Sandras Herzschlag beschleunigte sich. »Ach ja? Was soll das sein?«

»Lass dich überraschen.«

»Okay. Aber wehe, es ist nichts, das mir den Atem raubt.«

Lorenz lachte leise. »Du wirst vor Staunen zu atmen vergessen.«

∞

Yesterday night, I met a wonderful girl,
she was sixteen years old,
with eyes bright as sparkling gold.
Together we had a bottle of wine,
when she smiled I felt so fine.

I drove her back, to her street and her home,
said ‚I will you miss.‘ – and gave her a kiss.
She got out the car, held my hand for a while,
showed me this lovely smile.

In my dreams she stood up, and danced just for me,
said ‚This is my way, how I can be free.‘

My worries and pains, they all felt apart,
with her lovely angels heart.

Lorenz' Stimme und der letzte Gitarrenakkord verklangen.

»Wow«, sagte Sandra. Dann noch einmal: »Wow.«

»Ich schließe daraus, es hat dir gefallen.« Lorenz grinste über das ganze Gesicht.

»Gefallen? Das Lied ist ... fantastisch.«

»Danke. Ist aber nur die erste Strophe. Weiter bin ich noch nicht.«

»Im Ernst jetzt: Das ist wirklich von dir?«

»Jup.«

»Und du hast es nur für mich geschrieben?«

»Jup.«

»Warum?«

»Weil ...« Mit einem Mal wirkte Lorenz verunsichert. »Du bedeutest mir sehr viel.«

Die Wärme, die sich schon länger in Sandra ausbreitete, wandelte sich in ein Glühen. Sie spürte, wie sich ihre Ohren rot färbten. Das war ihr peinlich, aber sie schaffte es, nicht beschämt zu Boden zu blicken. Sie wollte nirgends anders hinsehen, nichts anderes betrachten, außer Lorenz' süße, blonde Locken und seine verführerisch blauen Augen.

Lorenz legte die Gitarre weg, erhob sich und trat auf sie zu. Sandras Herz tat einen Sprung.

»Ich möchte dich küssen«, flüsterte er.

»Tu es«, presste sie hervor.

Die Schmetterlinge in ihrem Bauch explodierten, als sich ihre Lippen berührten. Es war so wundervoll wie beim ersten Mal vor zwei Wochen; nein, sogar noch schöner. Lorenz umarmte sie, drückte Sandra an sich. Auch sie packte zu, umfasste Lorenz' Rücken, spürte das Spiel der Muskeln unter seinem Shirt – und wusste mit einem Mal, dass sie sich nichts sehnlicher wünschte, als Sex mit ihm zu haben.

»Ich will dich«, murmelte er an ihrem Ohr.

»Ich dich auch«, hauchte sie und genoss das Gefühl beschwingter Glückseligkeit.

Bayern, Irlbach bei Straubing
Samstag, 14. April, 15:00 Uhr

Bernhard schnaufte wie ein Walross und ließ sich auf einen Gartenstuhl fallen.

Fertig, dachte er erleichtert und betrachtete sein Werk. Das neue Gewächshaus war aufgebaut, die Pflanzen eingeräumt und die Photovoltaikanlage am Dach erzeugte den ersten Strom. Nicht ohne Stolz ließ Bernhard den Blick über das Ergebnis seiner Arbeit schweifen. Es tat gut, etwas abzuschließen, ein Projekt beenden zu können.

Bernhard rieb sich den Nacken. Da war er wieder, der warme Hauch, der sich in den letzten Wochen rar gemacht hatte. Gelegentlich hatte sich Bernhard dabei ertappt, wie er seinen rückseitigen Hals im Spiegel betrachtete, in der Hoffnung, den unsichtbaren Atem eines vertrauten Menschen zu spüren.

Bernhard lächelte. Er hatte sich damit abgefunden, dass er möglicherweise verrückt geworden war. Doch seine Empfindungen störten niemanden. Solange er sie nicht an die große Glocke hing, konnte ihn auch kein Mensch denunzieren. Bernhard wusste nicht, was er davon hielt, was er glauben sollte. Ob es tatsächlich eine Botschaft von Anna war? Ein geisterhaftes Phänomen, das auch nach ihrem Tod Bestand hatte? Sein rationaler Verstand schrie *Schwachsinn!*, aber da gab es noch eine andere, lieblichere Stimme, die behauptete, dass er richtig lag. So oder so, das unheimliche Gefühl gab ihm Kraft. Weshalb sollte er es leugnen?

Bernhards Mobiltelefon läutete. Erfreut stellte er fest, dass es seine Tochter war.

»Hallo, Sonja! Wie geht es dir?«

»Gut, und dir?«

»Ich habe heute mein Gewächshaus fertiggestellt.«

»Pflanzt du noch immer viel Gemüse an?«

»Ich habe diesmal fünf verschiedene Paprikapflanzen und sechs Tomatensorten, alles Raritäten.«

»Auch die Tomaten in Herzform? Kann mich erinnern, dass mir die besonders gut geschmeckt haben.«

»Ja, auch die. Es dauert zwar noch, bis die Früchte reif sind, aber du kannst gern mal mit deinem Mann vorbeikommen und ich lade euch zum Essen ein.«

»Machen wir das. Dann können wir auch gleich etwas anderes besprechen.«

»Was denn?«

»Ich bin schwanger, Papa.«

»Schwanger? Das ist ... schön.«

Bernhard freute sich wirklich. Er freute sich sogar mehr, als er angenommen hatte. Er wurde Großvater – was für eine Überraschung!

»Wann ... wann ist es denn so weit?«

»Der Termin ist Mitte August.«

»Wisst ihr, ob es ein Junge oder ein ...?«

»Ja, wissen wir.«

»Aber du sagst es mir nicht?«

»Willst du es erfahren?«

»Ja, schon. Aber ich habe auch kein Problem damit, wenn du es mir nicht sagst. Ich freue mich in jedem Fall.«

»Es wird ein Mädchen.«

»Wunderbar! Ich finde, Mädchen sind ohnehin die einfacheren Kinder.«

»Du hattest nur ein Mädchen, nämlich mich.«

»Stimmt. Und ich bin froh, dass du es warst.«

»Ach, Papa.« Bernhard vernahm Sonjas Lachen, das sein Herz wärmte und ihm selbst ein Grinsen auf die Lippen zauberte.

»Wie wäre es am Samstag in zwei Wochen?«, fragte Bernhard.

»Da sind wir verplant. Geht es den Sonntag danach?«

»Einverstanden. Ich überlege mir ein gutes Lokal.«

»Aber keine asiatische Kost, die habe ich letztens nicht vertragen.«

»Geht klar. Sonst irgendwelche Wünsche?«

»Nein. Du weißt, ich esse fast alles und Raphael ist auch nicht zimperlich. Wobei, ein Kriterium muss schon erfüllt sein.«

»Und zwar?«

»Das Lokal sollte große Portionen anbieten.«

München, Untergiesing-Harlaching
Mittwoch, 18. April, 13:00 Uhr

»Kommst du mal?« Georg, der Chef von *Dreamlink*, deutete auf den Monitor. »Ich glaube, beim Import in die Datenbank gibt es noch einen Bug.«

Raphael warf einen Blick auf den Programmcode. Im ersten Moment konnte er nichts Ungewöhnliches entdecken.

»Was meinst du denn?«

»Das passiert, wenn ich die App-Erstellung starte.« Georg klickte auf das Icon, der Bildschirm wurde einen Moment schwarz und kehrte zur ersten Ansicht zurück, ohne dass sich etwas verändert hatte.

»Die Datenbank hat nichts damit zu tun«, meinte Raphael. »Liegt entweder an den Inputparametern oder es wird ein Befehl zur Weitergabe nicht richtig ausgeführt. Sollte keine große Sache sein, das zu beheben.«

»Hoffentlich. Du weißt, morgen haben wir die Präsentation bei Google.«

»Im schlimmsten Fall zeigen wir die Vorversion, die läuft in jedem Fall stabil.«

»Ja, aber da sind die neuen Features noch nicht enthalten.«

»Auch so ist das Programm bahnbrechend. Ich bin davon überzeugt, dass wir unter den Top drei Bewerbern landen.«

Georg grinste und klopfte Raphael auf die Schulter. »Ohne dich wären wir nie so weit gekommen. Wenn alles glattgeht, können wir demnächst unser Team aufstocken. Ordentlich aufstocken.«

»Solange ich mehr Urlaub bekomme.« Raphael zwinkerte seinem Freund zu.

»Ich denke, darüber können wir reden«, erwiderte Georg. »Das heißt, wenn die Präsentation morgen so läuft, wie wir uns das vorstellen.«

Dreamlink war eine aufstrebende Software- und Netzwerkfirma, die Raphael seit ihrer Gründung vor vier Jahren als IT-Experte begleitete. Durch den steten Aufschwung und seine überzeugende Arbeit hatte auch sein Gehalt beständig zugenommen. Inzwischen verdiente er gut, fast zu gut, was bedeutete, dass er bisweilen auch in der Nacht und am Wochenende auf Abruf bereitstehen musste, für den Fall, dass ein akutes Problem auftrat. Zwar gab es inzwischen zwei weitere Mitarbeiter, die in seinem Bereich tätig waren, aber nur er kannte alle Systeme und Abläufe wie seine Westentasche.

Die Tür des Ladens öffnete sich. Raphael erwartete, einen seiner Kollegen zu sehen, der von der Mittagspause zurückkam. Stattdessen erkannte er brünette Locken und dunkelgrüne, böse funkelnde Augen, die ihn fixierten und …

Sonja trat auf Raphael zu und stemmte ihre Hände in die Hüften. Auf diese Weise sah man deutlich die Wölbung ihres Bauches, die seit ein, zwei Wochen nicht mehr missinterpretiert werden konnte.

»Schatz, was tust du hier?« Raphael war verwirrt. Besonders die offensichtliche Feindseligkeit im Gehabe seiner Frau irritierte ihn.

»Warum gehst du nicht ans Handy?«, giftete Sonja. »Ich habe dich zweimal angerufen.«

»Tut mir leid, aber du weißt, in der Arbeit bin ich nicht immer ...«

»Was ist, wenn es sich um einen Notfall handelt?« Sonja legte die Handfläche auf ihren Bauch. »Was, wenn ich dringend ins Spital muss? Soll ich daheim verbluten oder was?«

Raphael riss die Augen auf. »Sonja, was redest du da? In einem solchen Fall musst du zuerst die Rettung rufen und nicht ...«

»Ach ja? Damit sich der Vater meines Kindes wieder vor der Verantwortung drücken kann?«

»Sonja, ich ...«

»Glaubst du, ich lass mir das gefallen? Ich habe dich nicht geheiratet, damit du mir ein Kind in den Bauch setzt und dich nachher von mir abwendest, nur weil ich immer fetter werde und du mich nicht mehr attraktiv findest. Ich habe doch gemerkt, dass du anderen Frauen hinterherschaust und keine Lust mehr hast, wenn ich ...«

Mit zwei raschen Schritten trat Raphael auf Sonja zu und umarmte sie. Er drückte sie fest und innig, ließ auch nicht locker, als sie den schwachen Versuch unternahm, sich aus seinem Griff zu befreien. Erst als ihre Gegenwehr erlahmte und sie seine Umarmung erwiderte, wich er ein Stück zurück. Raphael blickte in Sonjas tiefe Smaragdaugen, ergriff ihre Hand.

»Sonja, ich liebe dich. Ich würde alles für dich tun, bin immer für dich da. Mir macht es nichts aus, dass du dich veränderst, hörst du?«

Sonja senkte den Blick. »Na ja, vielleicht habe ich überreagiert. Aber ich möchte trotzdem, dass du erreichbar bist. Für alle Fälle.«

»Ich werde ab sofort mein Handy immer bei mir tragen, in Ordnung?«

»Okay.« Sonja küsste Raphael auf die Lippen. Ein Lächeln erschien auf ihrem Gesicht. »Eigentlich wollte ich nur einkaufen gehen und dich fragen, ob ich dir etwas mitnehmen soll.«

»Rosinenbrötchen. Zwei Stück.«

»Pech gehabt. Ich habe dich nicht erreicht und meine Einkaufsliste ist fertig.«

»Seit wann hält sich Frau an ihre Einkaufsliste?«

»Schon immer, du Spielverderber.« Sonja wandte sich um und trat auf die Tür zu. »Ich erwarte, dass du dich daheim bei mir entschuldigst.«

»Ich werde auf allen vieren um Gnade winseln.«

»Recht so. Bis später.«

»Wahnsinn«, murmelte Georg an Raphaels Seite und blickte Sonja hinterher. »Du bist nicht nur ein genialer Informatiker, sondern auch ein echter Frauenversteher. Wenn ich da an meine Alte denke …«

»Lass mal«, meinte Raphael und kratzte sich am Kinn. »Ich verstehe nur eine Frau.«

Schweiz, Zürich

Samstag, 21. April, 20:00 Uhr

In der Szene hieß sie Natascha, aber ihr tatsächlicher Name war Agnes Hovorka. Niemand fragte sie nach ihrem echten Namen, weder ihre oberflächlichen Freundinnen, noch ihr Vermieter und schon gar nicht die Kunden, mit denen sie verkehrte. Auch für ihr Pseudonym interessierte sich kaum jemand. Viel entscheidender war, was sie zu bieten hatte – und wie viel sie kostete. Das wiederum hing davon ab, welche Dienste von ihr verlangt wurden. Ihre Spezialität war SM in allen Variationen und Formen. Sie hatte einige Stammgäste, die teils aus Deutschland oder Österreich anreisten, weil sie ihre Qualitäten zu schätzen wussten. Neue Kunden kamen in erster Linie durch Empfehlungen zu ihr, da sie nicht billig war und ihr hoher Preis gewöhnliche Freier abschreckte.

Niemand wurde enttäuscht. Agnes verstand ihr Geschäft. Sie wusste, was sie tun musste, spürte, was ihr Gegenüber von ihr erwartete. In einem anderen Leben wäre sie vielleicht Politikerin oder Botschafterin geworden. Aber das war sie nun mal nicht und verdingte sich stattdessen als Prostituierte. Agnes schämte sich nicht für ihre Tätigkeit. Sie gehörte auch nicht zu jenen Frauen, die ihre Profession auf die eine oder andere Weise aufgezwungen bekommen hatten. Agnes hatte sich nach reiflicher Überlegung und aus vollster Überzeugung dafür entschieden. Sie bereute diesen Entschluss noch immer nicht und das, obgleich sie seit fast zehn Jahren in dem Gewerbe tätig war. Sie hatte von Anfang an begriffen, dass ihr

Leben aus Sinnlichkeit bestand, bestehen musste. Ihre sexuellen Gelüste waren anders als der Durchschnitt, extremer, fordernder, gebender. Erfüllende Ekstase empfand sie ganz oben oder ganz unten – dominierend oder dominiert, auf eine Weise, die an den Grenzen der Rechtmäßigkeit kratzte und weit über der Schwelle lag, die gewöhnliche Menschen als normal ansahen.

Aber das bekümmerte Agnes nicht. Sie holte sich, was sie brauchte, bekam das, was sie wollte. Heute wollte sie ganz nach unten. So tief wie es nur irgendwie ging. Sie wollte Schmerz empfinden, wollte schreien, wollte bluten. Und der Mann, der in diesem Moment auf sie zutrat, würde für all das sorgen. Das sah sie in seinem Gesicht, in den grünbraunen Augen. Seine Züge waren verbrannt, er humpelte leicht, doch das war in ihrem Gewerbe egal, musste egal sein. Der Fremde besaß breite Schultern und, soweit sie erkennen konnte, einen trainierten Körper – für jemanden über fünfzig keine Selbstverständlichkeit. Er hatte etwas an sich, dass ihn männlich und dominant wirken ließ. Mit ihm hätte es Agnes auch gratis gemacht. Aber natürlich ging das nicht.

»Dreihundert Franken«, sagte sie, noch bevor der Kunde den Mund öffnete.

»Das ist viel.« Die Stimme des Mannes war angenehm, tief und melodisch. Sie erinnerte Agnes an ihre erste und einzige Liebe. Sofort spürte sie, wie sich ihre Brustwarzen verhärteten.

»Es zahlt sich aus.«

»Davon gehe ich aus.« Der Unbekannte hustete, lüpfte sein Portemonnaie und zählte drei Hunderterscheine ab.

Agnes fiel auf, dass auch die Finger des Mannes von Brandmalen übersät waren und in seinen Atemzügen ein Rasseln mitschwang, als hätte er Schwierigkeiten, Luft zu bekommen. Kurz überlegte sie, ob diese Wunden von ausgefallenen Feuerspielen herrühren mochten, entschied sich aber dagegen. Vielleicht handelte es sich um einen verwundeten Soldaten, der seine Gelüste nur noch in der Dunkelheit mit käuflichen Frauen ausleben konnte. Ihr sollte das recht sein.

»Komm mit«, sagte sie, ergriff seine Hand und legte sie auf das Halsband um ihren Nacken. Die Finger waren kräftig, die verbrannten Stellen schabten wie harte Schuppen auf ihrer Haut. Der Mann drückte zu und Agnes' Erregung wuchs. Ja, das war genau die Art der Behandlung, die sie heute brauchte.

Sie führte den Freier in das Haus und auf ihr Zimmer, das sie vor Jahren schallisoliert hatte, um sich nicht mit Beschwerden der übrigen Mieter herumschlagen zu müssen. Er kam sofort zur Sache – und Agnes wurde nicht enttäuscht. Schon nach wenigen Minuten schrie sie vor Schmerz und Lust. Wer immer der Typ war, er hatte Erfahrung, er wusste, was er tat. Schläge prasselten auf sie nieder, ihre Lippe platzte auf. Er penetrierte sie, hart und fordernd, biss ihr in den Nacken, kratzte über ihren Rücken.

Agnes kreischte, als in ihrer linken Brust ein Schmerz entflammte, sengend und brutal. Schlagartig verschwand sämtliche Lust. Das war zu viel. Das ging zu weit.

Sie wollte ihn von sich stoßen, ihn mit einem Wing-Chun-Griff außer Gefecht setzen. Aber er fing ihre Arme so mühelos ab, als wären sie flatternde Kleidungsstücke im Wind. Ein Schlag traf sie im Gesicht und raubte ihr die Besinnung. Als sie wieder zu sich kam, hatte sie der Fremde an das Bett gefesselt. Sein Atem ging schwer und stoßweise, aber seine Augen ... seine Augen glühten in einem unstillbaren Feuer.

Der Alarmknopf!, schoss es in Agnes' Gedanken. Er war hier, nur wenige Zentimeter neben ihrer angebundenen Hand. Erst ein einziges Mal hatte sie ihn drücken müssen. Ihre Menschenkenntnis hatte sie bislang vor allen anderen bösen Überraschungen bewahrt. Bis jetzt.

Agnes streckte den Arm aus, aber der Mann kam ihr zuvor. Er riss ihre Hand zurück, band sie fester an das Bettgestell und schlug ihr abermals ins Gesicht. Agnes schmeckte Blut, spürte, dass mit ihrer Nase etwas nicht in Ordnung war. Vielleicht war sie gebrochen.

»Wer ... bist du?«, presste Agnes zwischen einem Wimmern und hysterischen Kreischen hervor.

»Ich bin der Gott der Pein.«

Etwas glitzerte in der Hand des Unbekannten, lang, silbern und tödlich scharf.

Ein Skalpell, schoss es in Agnes' Gedanken.

»Bitte ...« Ihre Stimme war nur ein Flüstern.

Statt einer Antwort zog der Mann die Klinge über ihren Bauch. Agnes schrie, wand sich in ihren Fesseln. Dann war er in ihr, so hart und brutal wie niemals zuvor. Mit einem heiseren Stöhnen kam er, stieß gleichzeitig mit dem Skalpell zu. Agnes hörte nicht mehr auf zu schreien. Nur verschwommen bekam sie mit, wie die Klinge zwischen ihre Beine wanderte. Sie spürte einen Schmerz, der

alles überstieg, was sie bisher hatte erdulden müssen –
und tauchte ab in die Schwärze; eine Schwärze, aus der es
kein Entrinnen gab.

Südtirol, Prad am Stilfserjoch
Samstag, 28. April, 11:00 Uhr

Auf der Lichtung lagen drei moosbedeckte Felsbrocken.
Ein Bachlauf plätscherte den Hang hinab, sprudelte am
Rand der Blumenwiese in fröhlichen Kaskaden zwischen
uralten Baumriesen hindurch. Die Sonne schien hell und
kräftig, wärmte die Gesichter der Frauen, die sich mit geschlossenen Augen an den Händen hielten und im Kreis
um ein Lagerfeuer standen. Sie sangen ein fernöstliches
Mantra, das sich auf der Lichtung brach und als Echo von
den Felswänden zurückgeworfen wurde.

Emma fühlte sich so ausgeglichen wie schon lange
nicht mehr. Sie hätte schon früher wieder in die Frauenrunde einsteigen sollen. Meistens gab es monatlich ein
Treffen, manchmal auch zwei, oft draußen in der Natur,
sofern es das Wetter zuließ. Die Zusammenkünfte waren
nur für Frauen gedacht. Viele der Teilnehmerinnen wie-
sen ein fortgeschrittenes Alter auf, aber es gab auch immer zwei, drei in der Gruppe, die jünger waren, mitunter
erst Anfang zwanzig.

Der Gesang verebbte, die Frauen lösten ihre Hände
und öffneten die Augen. Emmas Blick fiel auf ihr Gegenüber. Manuela, die Leiterin der Frauenrunde, war eine
schlanke, weißhaarige Dame von fast siebzig Jahren, die

eine solche Begeisterung und Lebensfreude ausstrahlte, dass sie manchmal wie ein Kind wirkte. Auch ihre blauen, strahlenden Augen trugen dazu bei; Augen, die alles zu sehen schienen und gleichzeitig in weite Ferne gerichtet waren.

Manuela war eine Hexe, die größte und weiseste, die Emma kannte. Niemand hatte das je in Zweifel gezogen, niemand ihr den Rang als Oberhexe streitig gemacht. Manuela war ausgeglichen, trug immer ein Lächeln auf den Lippen und hatte für jeden ein aufbauendes Wort oder ein ehrliches Kompliment parat. Nach den Erlebnissen in Kitzbühel und Teneriffa hatte Emma lang mit ihr gesprochen. Es war zu einem entscheidenden Teil Manuela zu verdanken, dass sich Emma so rasch gefangen hatte und ein normales Leben führen konnte.

»Es ist schön, dass wir zusammengekommen sind«, sagte Manuela und ihr Strahlen war hell wie die Sonne. »Ich sage euch, alle die wir hier stehen, wir sind Gerufene, Berufene. Die meisten von euch haben die Zeichen richtig gedeutet oder sie bei unseren letzten Treffen erkannt. Dass wir heute so zahlreich sind wie nie zuvor, erfüllt mich mit Freude, denn es zeigt, dass wir den richtigen Weg gewählt haben.«

»Die Zeichen werden immer deutlicher«, sagte eine junge Hexe aus Meran. »Mir kommt es vor, als wären sie überall, sprechen selbst in Momenten und aus Dingen, in denen sie bislang still geblieben sind.«

»Welche Zeichen meinst du?« Die Sprecherin hatte feuerrote Haare und einen verklärten Ausdruck auf ihren

Zügen. Sie war erst seit Kurzem in der Gruppe, stammte aus Kärnten und hatte einen auffälligen Akzent.

»Die Zeichen der Wandlung.« Die junge Frau nickte Manuela zu. »Du hattest wieder einmal recht.«

Manuela senkte das Haupt. »Für alle, die neu sind oder es nicht so deutlich spüren: Momentan wird die Welt von sphärischen Anzeichen für eine Veränderung geflutet. Die Zeichen sind inzwischen überall zu finden. Ich habe vor zwei Wochen mit Freunden aus den USA und Afrika gesprochen, dort ist es genauso. Wer mit offenen Augen durch den Tag geht und weiß, worauf zu achten ist, der sieht die Botschaften der Natur und die Wahrheit hinter der zunehmenden Verlorenheit der Menschen. Sie sind gefangen in ihrem Konsumdenken, der Jagd nach Selbsterfüllung und Selbstbestätigung. Sie sind blind, wurden blind gemacht. Aber wir gehören nicht dazu. Ich will euch sagen, was uns die Zeichen mitteilen wollen. Wie Margareta schon festgestellt hat, bedeuten sie einen Wandel. Aber nicht nur das. Sie kündigen etwas Großes an. Eine Veränderung, die unsere Welt, unsere Gesellschaft, in ihren Grundfesten erschüttern wird. Eine Veränderung, die wie ein reinigendes Feuer über den Planeten fegen wird, auf das alles Gute und Versöhnliche seinen Platz an der Sonne einnehmen kann. Etwas Schlechtes muss aufhören, damit etwas Schönes beginnt. Ende und Neubeginn.«

Ein Raunen lief durch die Menge der versammelten Frauen. Auch Emma spürte es. Die Worte der Sprecherin brachten das energetische Netz auf der Lichtung zum Schwingen. Es vibrierte und sang, manifestierte sich in dem schlagartig lauter werdenden Knistern des Lagerfeuers, im Ächzen der uralten Bäume, im Säuseln des Windes und im Plätschern des Bachlaufs. Die Geister der Natur gaben die Wörter der Hexe zurück, und sie sagten, dass Manuela recht hatte. Etwas war im Begriff sich zu verändern, etwas Großes.

»Lasst uns tanzen.« Manuela lächelte und hob die Hände. »Wir wollen Mutter Erde für ihre Zuneigung danken, für die Kraft, die sie uns spendet, und das Wissen, das sie uns schenkt. Lasst uns dankbar sein, dass wir von dem Wandel erfahren durften, von der Botschaft, die uns unendliche Liebe bringen wird.«

Die Frauen setzten sich in Bewegung, schwangen die Hüften, lachten und riefen ausgelassen, während sie sich um das lodernde Feuer bewegten.

Auch Emma tanzte. Aber ihre Gedanken waren woanders. Dunkle Erinnerungen hatten sich in ihr Bewusstsein geschoben, waren dort gewachsen und erfüllten nun ihr gesamtes Denken. Matteo war ebenso die Manifestation des Bösen gewesen wie sein Bruder Rüdiger. Beide waren nun tot. Aber das musste nicht bedeuten, dass das Böse besiegt war. Emma hatte vor einer Woche mit Bernhard gesprochen und erfahren, dass die Texte aus Matteos Arbeitszimmer bei ihm eingetroffen waren. Der Kommissar hatte behauptet, dass bei der Analyse keine neuen Indizien aufgetaucht waren und es auch keinerlei Hinweise auf einen dritten Mitwisser gab.

Emma konnten diese Beschwichtigungen nicht überzeugen. Sie erinnerte sich an die Notizzettel, an die seltsamen Geschichten, die sie in Matteos Arbeitszimmer gefunden hatte. Vor allem entsann sie sich eines bestimmten Absatzes, der ihr beim Gedanken daran eine Gänsehaut über den Rücken jagte: *Hänsel und Gretel sind erfüllt von Vorfreude und Tatendrang, wissen sie doch, dass das Gute über das Böse siegen muss. Sie werden ein magisches Feuer entfachen, das die Hexen verbrennt, die Welt in lodernde Helligkeit taucht. Dann können Hänsel und Gretel alle verlorenen Kinder retten, sie heimbringen und erhalten die Belohnung des Königs. Aber hüten müssen sie sich trotzdem, denn das Böse verschwindet nie. Ein gutes Ende bringt einen schlimmen Neubeginn.*

Salzburg, Saalfelden, Einöde zwölf
Samstag, 28. April, 14:00 Uhr

Das Haus war so, wie er es in Erinnerung hatte. Es thronte majestätisch am Waldrand, glich einer städtischen Villa oder dem Gutshof eines exzentrischen Millionärs. Bei eingehender Betrachtung verzerrten die unförmigen An- und Aufbauten diesen Eindruck, ließen das Gebäude die Form eines missgestalteten, geduckten Riesen annehmen. Die Anlage hätte aus Lewis Carrols Alice im Wunderland stammen können und fügte sich ähnlich prägnant in das Landschaftsbild wie ein Farbklecks auf einer grauen Wand.

Matteo stützte sich schwer auf seinen Wanderstock. Er wollte sich fallen lassen, zusammenrollen wie ein Kind, die nächsten vierundzwanzig Stunden durchschlafen. Das Verlangen nach einer Ruhepause war groß, aber er durfte noch nicht rasten. Erst musste er sehen, ob alles so war, wie er verlangt hatte, ob sein Mentor den Wünschen seines Schülers nachgekommen war.

Mit bedächtigen, müden Schritten marschierte Matteo näher, musterte die Fassade des Anwesens, die zweiflügeligen Fenster und das hohe, steil ansteigende Dach. Er suchte nach dem Schlüssel für die Eingangstür, fand ihn zwischen den Rosenstöcken und trat in das Gebäude.

Hervorragend, dachte Matteo, als er die Besichtigung des Hauses abgeschlossen hatte. Freilich gab es noch einige Dinge zu erledigen, aber das Wichtigste war geschehen und er konnte sich bald der weiteren Planung widmen. *Zwei Monate sind nicht viel Zeit. Aber es muss genügen.*

Am meisten Sorge bereitete ihm seine angeschlagene Gesundheit. Matteo wusste, dass er nicht mehr lange zu leben hatte. Wahrscheinlich ließen ihn seine Lungen im Stich, noch bevor der nächste Winter Einzug hielt. Aber ein halbes Jahr war ausreichend Zeit, um die letzte Aufgabe, das große Finale seiner Existenz abzuschließen. Er konnte noch einmal alles ausleben, was ihn als Übermenschen kennzeichnete, göttliche Zerstörungskraft aus seinen Fingern sprudeln lassen, und das umsetzen, was er am besten vermochte: Schmerzen bereiten.

Matteo war sich bewusst, dass seine Ankunft in Saalfelden unbemerkt bleiben sollte und er das Haus nicht verlassen durfte. Doch im Moment war ihm nicht nach Vorsicht zumute. Er schob einen Stuhl auf die Veranda, setzte sich und genoss das Gefühl der Frühlingssonne auf der Haut.

Letztendlich, dachte er, *hat es nicht anders enden können.*

Er entsann sich des Moments auf Teneriffa, als die Gluthitze des Waldbrandes seine Haare versengt hatte und Kugeln an seinem Kopf vorbeigepfiffen waren. In diesem Augenblick hatte er mit seinem Leben abgeschlossen, hatte damit gerechnet, in wenigen Sekunden zu sterben – als lebende Fackel oder von einer Kugel durchbohrt. Doch dann war ihm das Loch im Boden aufgefallen; der Eingang zu einer Höhle im Lavagestein.

Unversehens war sein Überlebenswille zurückgekehrt. Er riss sich das Hemd über den Kopf, warf es in die Feuerfront und fiel gleichzeitig auf die Knie. In der Hand hielt er noch immer die Wasserflasche, die er von der Hütte mitgenommen hatte. Er entleerte sie über seinem Kopf, robbte durch die Flammen auf die Höhlenöffnung zu.

Beinahe hätte er es nicht geschafft. Feuer, Rauch, Hitze, das Donnern fallender Steine – an mehr konnte er sich nicht erinnern. Dann glitt er in die Tiefe, verlor das Bewusstsein. Als er erwachte, war die Dämmerung hereingebrochen. Er fand einen Ausgang, taumelte durch die rauchenden Überreste des Waldes. Seine Brandwunden machten ihm zu schaffen, die Schmerzen lähmten seine Gedanken. Wie durch ein Wunder verlor er nicht den Verstand. In den nächsten Wochen erholte er sich allmählich, raubte Nahrungsmittel aus den Kellern und Gärten der Einheimischen, richtete sich ein Lager im Wald ein. Mehrmals wäre er um ein Haar gefasst worden. Darüber hinaus bekam er immer wieder hohes Fieber. Es hätte nicht viel gefehlt und er wäre einsam und unbemerkt in den Wäldern des Teide gestorben. Doch eine Macht hielt ihn am Leben, eine Kraft, die nicht aus ihm selbst stammte.

Sobald es ihm besser ging, begann er wieder mit dem Training. Er musste feststellen, dass die Flammen nicht nur seine Haut verbrannt und ihn entstellt hatten, sondern auch seine Lungen und Muskeln angegriffen waren. Den linken Arm konnte er nur noch für leichte Tätigkeiten gebrauchen und er humpelte fortan. Zudem fiel ihm das Atmen schwer und es wurde nicht besser. Matteo musste einsehen, dass seine Lungen massiv geschädigt waren und sich nie mehr erholen würden. Mehr noch: Er ging davon aus, dass sie ihn bald im Stich ließen; in Form eines Lungeninfarkts, als Krebsgeschwür oder als venöse Embolie.

Im Zuge jener Erkenntnis fasste Matteo einen Entschluss. Wenn es schon galt zu sterben, dann sollte dies so geschehen, wie er es wünschte, und nicht sein todgeweihter Körper. Matteo begann mit den Planungen für das große Finale, kontaktierte seinen Mentor und betrat zwei Monate nach Beginn der Ereignisse das spanische Festland. Die darauffolgende Odyssee zog sich erneut über Wochen. Matteo wanderte bei Nacht, schlief in Scheunen und mied das Tageslicht. Manchmal gelang es ihm, auf Güterzüge aufzuspringen und etwas Boden gutzumachen. Dennoch dauerte es fast zwei Monate, bis er sein Ziel erreichte – das abgelegene Haus in der Einöde; jenes Gebäude, in dem sein Mentor ihn und seinen Bruder in die maßgeblichen Künste eingewiesen hatte.

Matteo betastete seine verbrannte Gesichtshaut, blickte auf die Narben und nässenden Schwielen an seinem Arm. Er wusste, dass er nun auch äußerlich zu einem Monster geworden war.

Letztendlich, dachte er erneut, *hat es nicht anders enden können.*

Mit der Umsetzung seines Plans konnte er den vor Monaten geleisteten Schwur erfüllen und seinem monströsen Wesen ein letztes Denkmal setzen. Er würde etwas schaffen, das alles in den Schatten stellte, was Rüdiger und er jemals vollbracht hatten, würde seine Meisterschaft ausspielen, seine unbezwingbare Fertigkeit, Macht auszuüben.

Er war ein Gott. Der Gott der Pein.

Saalfelden, Brandlwirt
Samstag, 05. Mai, 19:30 Uhr

»Griaß di, Frosty!«

Helles Gelächter brandete durch die Wirtsstube. Josef verzog keine Miene. Er wusste, dass ihn seine Freunde mit seiner Einstellung aufzogen, wonach die Klimaerwärmung bald in eine Eiszeit umschlagen würde. Mittlerweile hatte er sich daran gewöhnt. Früher oder später musste den Stadtbewohnern das Lachen vergehen. Er war einer der wenigen hier in der Gegend, der sich auf den drohenden Kollaps vorbereitete. Sein Heim lief energieautark. Hinter dem Schuppen gab es eine Trinkwasserquelle, die auch bei minus zwanzig Grad nicht zufror.

Über einen beheizten Auffangtrichter sammelte er Schnee und Regenwasser, das die Toilette, Bad und Küche versorgte. Zudem besaß er genug Vorräte, um gemeinsam mit seiner Frau und drei, vier weiteren Personen ein oder sogar zwei Jahre lang sämtlichen Unbilden der Natur zu trotzen.

Nicht, dass Josef all diese Tatsachen herumposaunte, im Gegenteil. Je weniger Menschen von seinen Vorsichtsmaßnahmen erfuhren, desto besser. Er wusste aus eigener Erfahrung, wie rasch aus Freunden Feinde wurden, wenn die geordneten Strukturen zusammenbrachen und der Hunger an die Macht kam.

Josef marschierte zum Stammtisch der Jägerschaft und bestellte sich ein Achtel Rotwein.

»Hast scho' g'heat?« Sepp ließ sich neben Josef auf einen Stuhl fallen, führte sein Bier an den Mund und nahm einen tiefen Schluck. »Die Bauoarbeit'n in da Einöde zwölf san obg'schloss'n.«

»So? Gab es noch irgendwelche *mysteriösen* Vorgänge?«

»Na, aba scho' sötsam, de goanze Heimlichduarei.«

»Findest du? Der Besitzer hat die Öffentlichkeit immer gemieden. Außerdem liegt das Haus am Ende der Straße, da kommt kaum jemand hin.«

»I waß ned. Max hat g'moant, er hat so an komisch'n Kerl g'seng, der dort umanaundg'rennt is.«

»Ein komischer Kerl?«

»Jo, Noa'ben im G'sicht, großa Rucksåck und so.«

»Vielleicht ein Wanderer auf der Durchreise.«

»Oder a Flüchtling!«, rief einer vom Nebentisch. »Ana von de Illegalen, die sich in die Wälder versteck'n.«

»Natürlich.« Josef kratzte sich am Kinn. »Die sind gefährlich. Wahrscheinlich werden wir demnächst von einer Meute verwilderter Flüchtlinge überfallen und ausgeraubt.«

»Oiso, de Johanna hat g'sogt ...«

»Deine Frau sagt viel. Ehrlich gesagt glaube ich nicht, dass aus ihrem Mund viel Wahrheit kommt.«

»Jo, I waß eh.« Der Angesprochene blickte in sein leeres Bierglas. »Is' manchmal a bisserl anstrengend mit ihr.«

Der Tisch erzitterte. Zuerst dachte Josef, er würde einer Sinnestäuschung unterliegen, aber dann spürte er es so deutlich, als hätte er seine Hand auf die Motorhaube eines Traktors gelegt. Er war nicht der Einzige, dem die Erschütterung auffiel. Die Gespräche in der Wirtsstube verstummten. Die Lampen über ihren Köpfen schwankten hin und her, ein Glas fiel zu Boden und zerbrach. Die Mauern des Gebäudes knisterten und knackten. Das Licht flackerte; kurz, zweimal – dann war es vorbei. Die Beleuchtung glomm so ruhig wie zuvor und das Beben verstummte. Es hatte keine fünf Sekunden gedauert.

»Woa des a Erdbeben?« Sepp warf den übrigen Gästen am Tisch alkoholgeschwängerte Blicke zu. »Oder hätt' i des letzte Bier ned trink'n soll'n?«

Die Gespräche kamen wieder in Gang. Ein paar Minuten war der Erdstoß das Thema Nummer eins, aber da das Beben offensichtlich keinen Schaden angerichtet hatte, ging man dazu über, von der Arbeit, von Frauen, Fußball und unfähigen Politikern zu sprechen.

Josef beteiligte sich nicht an den Diskussionen. In ihm war eine Empfindung erwacht, die Gefahr verkündete.

116

Das ungute Gefühl wurde laufend stärker. Ob es mit dem Erdbeben zusammenhing? Es war vermutlich besser, wenn er sich auf den Heimweg machte.

Josef trank aus, zahlte und erhob sich.

»Ich muss los. Habt's noch 'nen schönen Abend.«

»Ah, Frosty hat's eilig.« Sepp grinste. »Willst du no' Holz hock'n für die Eiszeit, die bald kummt?«

»Nein, Holz hab ich genug. Ich möchte mehr Fleisch einlagern, also werde ich jagen gehen. Wie ich gehört habe, treiben sich in den Wäldern Horden an Flüchtlingen herum.«

Wien, Währing
Donnerstag, 08. Mai, 18:00 Uhr

»Wie geht es dir?« Julius warf seinem Freund einen wachsamen Blick zu.

Ferdinand saß entspannt im Besucherstuhl und lächelte. »Gut. Und das meine ich ernst.«

»Das ist schön. Woher, glaubst du, kommt die Verbesserung?«

»Ich bin mir nicht sicher. Liegt vielleicht an Moritz und Samuel. Die sind so lebendig wie nie. Oder es hat mit meiner Arbeit zu tun.«

»Ich finde es gut, dass du meinem Ratschlag gefolgt bist.«

»War eine hervorragende Idee von dir. Seitdem ich wieder voll im Berufsleben stehe und das tue, was mir Spaß macht, hat sich einiges zum Positiven gewendet.«

»Das freut mich.« Julius rückte die Brille auf der Nase zurecht und griff nach dem Klemmbrett für seine Notizen. »Die Medikamente nimmst du regelmäßig?«

Ferdinand nickte. »Ja, genauso, wie du sie mir verschrieben hast.«

»Keine Nebenwirkungen?«

»Nicht, dass ich wüsste.«

»Fein.« Julius schrieb eine kurze Anmerkung, dann legte er Stift und Klemmbrett beiseite und verschränkte die Finger auf der Tischplatte. »So wie ich das sehe, haben wir deutliche Fortschritte erzählt. Gibt es etwas, worüber du noch mit mir sprechen willst?«

»In der Tat. Ich möchte dich und deine Frau zu meinem Geburtstagsessen einladen.«

»Stimmt, du hast Ende Mai deinen Jubeltag. Wann ist das Essen?«

»An einem Sonntag, dritter Juni.«

Julius nahm seinen Terminkalender zur Hand. »Sollte passen. Ich werde Angelika fragen, aber ich gehe davon aus, dass wir kommen. Hast du irgendwelche Wünsche?«

»Nein, überhaupt nicht. Du hast mir in den letzten Monaten so viel geholfen, mehr, als ich dir jemals zurückgeben kann.«

»Dafür sind Freunde doch da. Abgesehen davon ist meine Hilfe mit stolzen Kosten verbunden.«

Ferdinand lächelte. »Ich weiß, dass du für mich einen Spezialpreis gemacht hast.«

»Na dann. Aber mitbringen werden wir trotzdem etwas. Mal sehen, was Angelika einfällt. Frauen haben bei Geschenken die besten Ideen.«

»Da hast du wohl recht«, meinte Ferdinand und konnte nicht verhindern, dass ein Hauch von Wehmut in sein Bewusstsein sickerte. »Doris und Samantha waren auch immer die kreativsten Köpfe in unserer Familie.«

Bayern, Irlbach bei Straubing
Sonntag, 13. Mai, 05:00 Uhr

Sie saß inmitten eines Blumenmeeres und Schneeflocken rieselten auf sie herab. Die langen, dunklen Haare umrahmten ihr entspanntes Gesicht. Ihr verträumter Blick war auf den Blütenkranz in ihren Händen gerichtet. Anna summte eine melancholische Melodie, bewegte ihren Oberkörper sacht im Kreis. Einige Meter hinter ihr erhob sich das Gebäude am Waldrand, das Bernhard aus früheren Träumen kannte. Dahinter standen zart mit Schnee bedeckte Buchen, Fichten und Tannen, gekrönt von einem lang gezogenen Gebirgszug. Über dem Berg, zwischen Felsgrat und Wolkenuntergrenze, loderten Flammen.

Bernhard benötigte einige Zeit, bis er begriff, weshalb diese Szenerie nicht real sein konnte. Sie passte nicht zusammen. Nichts passte zusammen. Die blühende Wiese, der Schnee, das Feuer; daneben Annas kindliches Wesen, die Tatsache, dass sie überhaupt dort in der Wiese saß, lebendig und unversehrt. Schließlich das Haus hinter ihr, jenes beeindruckende, aber auch furchteinflößende Gebäude, das sich eher in das Nobelviertel einer Großstadt eingefügt hätte, als hier in den Rand der Zivilisation.

Anna hob den Kopf. Ihre Augen waren weiß wie der Schnee, der auf sie herabrieselte.

Hörst du, was die Vögel zwitschern, die Tiere des Waldes flüstern? Sie sprach, ohne zu sprechen. Ihr Mund bewegte sich nicht. Dennoch waren die Worte so klar zu verstehen, als hätte sie Anna laut ausgesprochen.

Was erzählen sie? Bernhard war verwundert, als er seine Stimme vernahm; oder zumindest glaubte, sie zu vernehmen. Er hatte sich als stiller Beobachter gesehen und nicht als jemand, der sich an diesem magischen Ort verständigen konnte.

Sie singen. Sie singen das Lied vom Abschiednehmen.

Wovon nehmen sie Abschied?

Von dem, was war. Die Endzeit ist angebrochen. Jetzt naht der rauschende Abgrund, der mächtige Wandelfall.

Ich verstehe nicht.

Du hast bereits begriffen. Die Dinge können nicht bleiben, wie sie sind. Das hat sie vor langer Zeit erkannt.

Wer?

Unsere Mutter. Sie ruft die Winde und das Wasser, die Erde und das Feuer. Es schmerzt sie, aber sie muss es tun. Wenn das Böse überhandnimmt, gibt es für sie, für uns, keine Zukunft.

Ich weiß wirklich nicht, wovon du sprichst.

Komm. Anna erhob sich, setzte sich den Blütenkranz auf und streckte Bernhard die Hand entgegen. *Ich zeige es dir.*

Zögernd hob Bernhard den Arm, berührte Annas Finger ... Es war wie ein Stromstoß. Verworrene Bilder prasselten auf ihn nieder, Gefühle, Sinneseindrücke, Gedanken und Erinnerungen. Bernhard fühlte sich nicht mehr als Ich, er fühlte ein Wir, so stark und umfassend, dass ihm schwindelig wurde. Es gab nur noch das große Ganze, eine Einheit, die im Gegensatz zu all dem stand, was er bislang kennengelernt hatte. Bernhard fühlte die Kraft und Energie dieser Verbundenheit – aber auch ihre Verletzlichkeit. Und sie war verletzt worden. Er spürte es, er spürte es in sich selbst, da er alles war. Trauer und Schmerz erfassten ihn, drohten das Wir zu verschlingen. So durfte es nicht enden. Das große Ganze war in Gefahr und er – sie alle – mussten handeln. Bernhard, der nicht mehr Bernhard war, sprach zu den Elementen, sagte ihnen, was zu tun war. Er tat es nicht gern, aber es war der einzige Ausweg. Das Wir zählte, nicht das Ich, die Liebe musste bewahrt werden, nicht der Hass. Bernhard sah. Er begriff, was kam, begriff, welcher Wandel vollzogen werden musste.

Er sah den Tod. Er war überall.

Bernhard fuhr aus dem Traum hoch. Er blinzelte, wusste nicht, wo er sich befand. Es währte einige Sekunden, bis er wieder klar denken konnte. Bernhard saß aufrecht in seinem Bett, verschwitzt und mit fortgestrampelter Decke. Vor dem Fenster gewahrte er Dämmerlicht. Ein Blick auf den Wecker zeigte ihm, dass es erst fünf Uhr am Morgen war. Dennoch fühlte er sich so ausgeschlafen wie lange nicht mehr.

Ein Albtraum, drang es in Bernhards Gedanken. Erinnern konnte er sich bloß daran, dass Anna in einer Blumenwiese gesessen hatte. Mit Sicherheit war dieses behütete Bild zerstört, von Monstern und Dämonen besudelt worden.

Bernhard rieb sich die Augen. Er überlegte, ob er sich noch einmal hinlegen sollte, entschied sich aber dagegen. Wenn er wach war, konnte er die Zeit auch nützen.

Bernhard schlüpfte in seine Fellpantoffeln und erhob sich. Ihm fiel die Stille auf. Natürlich war es still, so früh am Wochenende. Aber auch die Lärmschutzdämmung an seinem Haus trug das Ihre dazu bei. Hier im Schlafzimmer war bis auf das leise Knistern des Bodens überhaupt kein Geräusch zu vernehmen.

Bernhard stand regungslos und schloss die Augen. Er mochte die Stille. Sie hatte etwas von Vollkommenheit und besaß eine Stärke, mit der kein Laut, keines der hektischen Geräusche ihrer Zeit mithalten konnte.

Bernhard dachte an Dolores, seine Exfrau. Er entsann sich des letzten Telefonats und ihrer Freude, bald Oma zu werden. Erinnerungen an Sonja drangen auf ihn ein. Bernhard führte sich den Sonntag vor Augen, als sie und Raphael ihn besucht hatten. Er dachte an Sonjas Bauch, die deutliche Wölbung, die neues Leben versprach. Schließlich wandten sich Bernhards Gedanken seiner Kollegin Julia zu, die sich in den vergangenen Wochen Mühe gegeben hatte, ihn zu unterstützen und sein Vertrauen zu gewinnen. Sie war wissbegierig und besaß einen scharfen Verstand, war manchmal jedoch etwas selbstgefällig. Sie würde eine gute Ermittlerin werden, konnte aber niemals die Lücke füllen, die Annas Tod gerissen hatte.

Bernhard setzte sich in Bewegung, trat ins Bad und dann in die Küche. Regen trommelte an die Fenster. Seltsam, dass ihm dieses beruhigende Prasseln im Schlafzimmer nicht aufgefallen war.

Bernhard setzte Teewasser auf, blickte in den Garten und fühlte sich unversehens fremd in seinem eigenen Körper. Es war eine seltsame, verstörende Empfindung, die ihn dazu brachte, in sich hineinzufühlen, seine Muskeln anzuspannen und mit den Zehen zu wackeln. Nein, es war alles wie immer. Kein Grund, sich Sorgen zu machen.

Diesmal fühlte sich der warme Hauch im Nacken wie ein mildes Lachen an.

Südtirol, Schlanders
Dienstag, 15. Mai, 08:00 Uhr

»Hans? Hörst du mich?« Emma presste den Hörer an ihr Ohr.

»Nicht möglich«, erklang eine vertraute Stimme. »Emma, bist du das?«

»Ja.«

»Mit dir habe ich nicht gerechnet. Nicht nach all den Monaten.«

»Es tut mir leid. Ich wollte mich viel eher melden, aber ...«

»Ist schon in Ordnung. Wie geht es dir? Über die Nachrichten habe ich erfahren, dass die Hetzjagd in Teneriffa ein gutes Ende genommen hat.«

»Gut ... wie man es nimmt.«

»Oh. Bist du ...?«

»Nein, keine Sorge, bei mir ist alles in Ordnung. Auch Matteos Tod hat mich nicht bekümmert. Es ist eine Erleichterung zu wissen, dass er nicht mehr da ist. Aber ich bin dem Tod wieder sehr nahe gewesen und habe miterleben müssen, wozu mein Mann fähig ist. Das war ein Schock. Vor allem deshalb, weil mir damit vor Augen geführt wurde, neben welchem Ungeheuer ich jahrelang geschlafen habe.«

Emma verstummte. Derart viel Offenheit hatte sie nicht zeigen wollen. Ihr kam es vor, als hätte sie sich gerade nackt vor Hans ausgezogen; und das war kein angenehmes Gefühl.

»Das klingt ... heftig«, sagte Hans nach einer kurzen Pause. »Was hältst du davon, wenn wir uns auf einen Plausch treffen?«

»Sehr gern.« Emma überlegte, wie sie die nächsten Worte formulieren sollte, ohne aufdringlich oder fordernd zu wirken. Sie erinnerte sich des Gefühls von Wärme und Geborgenheit in Hans' Nähe, an sein breites Lächeln und die faszinierend tanzenden Augenbrauen auf seiner Stirn.

»Ich möchte dich wiedersehen«, begann Emma. »Aber nicht nur, weil ich jemanden zum Reden brauche. Ich finde, wir haben damals gut miteinander harmoniert. Du musst dir auch keine Sorgen zu machen, dass ich dir mit meinen traumatischen Erlebnissen auf die Nerven gehe. Es gibt auch andere Neuigkeiten.«

»Das ist schön.« Hans holte tief Luft. »Eines musst du aber wissen. Ich habe jemanden kennengelernt.«

»Ach so?«

»Ja, vor drei Monaten. Wir sind uns beim Wandern begegnet. Vor ein paar Wochen ist sie bei mir eingezogen.«

»Oh.«

»Ich hoffe, wir sehen uns trotzdem?«

»Ja, freilich. Wie wäre es übernächsten Samstag?«

»Gern. Die Details machen wir uns noch aus, in Ordnung?«

»Einverstanden. Dann alles Liebe und bis bald.«

Emma legte den Hörer auf. Sie merkte, dass ihre Finger zitterten. Sie hatte zu lange gewartet. Sie hätte Hans sofort anrufen sollen, gleich, nachdem sie von Teneriffa zurückgekehrt war. Er war ein beeindruckender, hilfsbereiter Mann, das hatte sie mehrmals erfahren. Hans wäre genau der richtige Partner an ihrer Seite gewesen, jemand, der ihr Kraft und Vertrauen schenken konnte. Aber dafür war es nun zu spät.

Emma sank auf einen Stuhl. Sollte sie das Treffen doch noch absagen? So sehr sie sich darauf freute, Hans wiederzusehen, so sehr sträubte sie sich auch davor. Sie wollte ihm nicht begegnen, wenn er mit einer anderen liiert war. Es konnte nicht mehr so sein wie damals im Januar – innig, vertraut, intim.

Die Einsamkeit ist ein Teil von mir geworden, begriff Emma. *Sie wird mich für den Rest meines Lebens begleiten.*

Emma blickte aus dem Fenster, auf den blühenden Garten, der ungeachtet ihres Seelenschmerzes in allen

Farben schillerte, als gebe es kein Morgen – nur den wunderbaren, einzigartigen, ewigen Moment des Seins. Ein schöner Gedanke.

Hamburg, Wandsbek, Bramfeld
Freitag, 18. Mai, 19:00 Uhr

Das erste Mal mit Lorenz war für Sandra enttäuschend gewesen. Irgendwie hatte sie sich mehr von ihm erwartet, mehr von der Erfahrung, die Michelle zum Schwärmen gebracht hatte. Aber der Sex wurde besser, von Mal zu Mal. Ein Grund war vielleicht, weil sie immer genauer wusste, was und wie sie es wollte. Gestern war sie schließlich zum ersten Mal gekommen. Wenigstens glaubte sie, dass es sich um einen Orgasmus gehandelt hatte. Danach war ihr so leicht ums Herz gewesen, wie schon lange nicht mehr. Es war auch die erste Gelegenheit, bei der sie die garstige Stimme in ihrem Kopf ignorieren konnte, die behauptete, dass die Sache ein böses Ende nehmen musste. Und es war das erste Mal, dass sie nicht an Michelle dachte und an das Unrecht, das sie ihr antat. Es musste so sein, wie sie vor einiger Zeit beschlossen hatte: Selbst wenn es ein Leben nach dem Tod gab, würde es Michelle nicht bekümmern, wenn Sandra eine Beziehung mit ihrem Exfreund hatte.

»Hereinspaziert«, sagte Lorenz und zog die Tür seines Zimmers auf. »Willst du vielleicht etwas zu ...?«

Sandra ließ ihren Freund nicht ausreden, drängte sich an ihn und küsste ihn wild und fordernd.

»Du weißt, was ich will.«

Lorenz grinste wissend, hob Sandra vom Boden auf, sodass sie einen überraschten Schrei ausstieß, und bettete sie umsichtig auf die Matratze. Sie küssten sich, wälzten sich in den Laken. Sandra griff in Lorenz' blonde Locken, atmete seinen Duft, genoss seine Berührungen und die intime Nähe. Während sich seine Hände an ihrem BH zu schaffen machten, wanderten ihre Finger zu seiner Hose hinab und versuchten vergeblich, die Knöpfe zu öffnen. Mit einem Lächeln kam Lorenz ihr zu Hilfe, zog auch Sandras Jeans und ihr Höschen nach unten.

»Moment«, sagte sie und tippte ihm an die Nase. »Hast du nicht etwas vergessen?«

»Klar.« Lorenz nickte zerstreut, langte zum Nachtkästchen und nach einem Kondom, das er sich überstreifte. Sandra gefiel der Anblick seines erigierten Glieds. Sie schwelgte in dem berauschenden Gefühl, als er sich ihren Oberkörper emporschob und dabei jeden Zentimeter ihrer Haut mit heißen Küssen bedeckte.

Lorenz drang in sie ein. Sandra spürte seine Härte, die sie zur Gänze ausfüllte, drückte ihr Becken nach oben, um ihm so nah zu sein, wie irgendwie möglich. Ein lustvolles Stöhnen entwich ihren Lippen.

»Hör bloß ... nicht auf damit«, keuchte sie.

∞

»Willst du mal was zusammen unternehmen?«, fragte Lorenz und stützte den Kopf auf seinen Ellbogen. Mit den Fingerspitzen strich er Sandras nackte Hüfte entlang.

»Was denn?« Sandra spürte ein Kribbeln auf der Haut, dort, wo Lorenz sie berührte, schwelgte in dem Gefühl von Befriedigung und Geborgenheit.

»Ich meine, zusammen wegfahren. Urlaub oder so.«

Sandra wandte sich Lorenz zu, lächelte und küsste ihn auf die Lippen. »Ja, gern. Aber erst nach den Klausuren.«

»Ich dachte, wir könnten schon die nächsten Tage etwas unternehmen.«

»Ach komm. Du solltest endlich dein Abitur machen. Beim dritten Anlauf wirst du es wohl schaffen.«

»Ja, klar.« Lorenz seufzte und wälzte sich aus dem Bett. »Wenn das Lernen nicht so schrecklich unlustig wäre.«

»Du schaffst das. Wir können ja mit Belohnungen arbeiten.«

»Belohnungen?« Lorenz wandte sich ihr zu. »Welche denn?«

Sandra schürzte die Lippen. »Wie wäre es damit: Für jede Prüfung, die du positiv hast, machen wir etwas, das wir noch nie gemacht haben.«

»Oh.« Ein süffisantes Grinsen manifestierte sich auf seinem Gesicht. »Ich denke, wir haben einen Deal.«

Helmholtz-Zentrum Potsdam, Institut für Erdbeben- und Vulkanphysik
Montag, 21. Mai, 09:00 Uhr

»Das gibt's doch nicht«, murmelte Lena Schwarz und rieb sich die Stirn. »Die Zahlen können unmöglich stimmen.«

»Hast du was gesagt?« Patricks pausbäckiges Lausbubengesicht lugte zur Tür herein.

»Nein, schon in Ordnung.«

»Okay. Wenn du etwas brauchst, gib Bescheid.«

Lena lächelte matt. Sie war seit einem Jahr Leiterin der Forschungseinheit Erdbeben- und Vulkanphysik. Aus Sicht einiger ihrer männlichen Kollegen, war sie, gerade fünfunddreißig geworden, zu jung für eine Anstellung in dieser Position. Das hatten sie ihr auch spüren lassen. In den ersten Monaten war Lena mehrmals der Verzweiflung nahe gewesen und hätte um ein Haar ihre Funktion als Leiterin zurückgelegt. Doch sie hatte sich zusammengerissen, auf ihre Qualitäten und Fähigkeiten besonnen und den beharrlichsten Neidern mit klaren Worten einen Riegel vorgeschoben. Innerhalb weniger Wochen mutierte sie von der lieben, zurückhaltenden und defensiven Kollegin zu einer ernstzunehmenden Führungskraft. Offenkundig imponierte das den Männern, denn die Sticheleien hörten auf und ihre Anordnungen wurden ohne Murren befolgt. Darüber hinaus erkannten zwei oder drei ihrer Mitarbeiter, dass sie es mit einer Frau zu tun hatten; einer attraktiven Frau. Vor allem Patrick hatte einen Narren an ihr gefressen. Dass Lena kein Interesse zeigte, hielt ihn nicht davon ab, sie zu umschwirren wie eine Drohne die Bienenkönigin.

Lena widmete sich wieder den Zahlen, die vor ihr am Monitor standen. Sie ergaben keinen Sinn. Die Gasmessungen der kanarischen Experten auf Teneriffa hatten auf einen baldigen Ausbruch des Teide hingedeutet. Dazu waren die Erdbebenschwärme intensiver geworden, hatten sich immer weiter in Richtung Oberfläche bewegt. An mehreren Stellen gab es Austritte von Dampf und Rauch. Als sich erste Beben vom Typ-B ereigneten und die Satellitendaten das Anheben der Erdoberfläche im Nordostteil bestätigten, waren von den Behörden erste Evakuierungen durchgeführt worden.

Das war jetzt eine Woche her. Inzwischen war der Gehalt von Kohlen- und Schwefeldioxid rapide zurückgegangen und auch die Erdkruste hatte sich wieder gesenkt. Dies alles ganz ohne Entladung. Eine solche Entwicklung war ungewöhnlich. Noch ungewöhnlicher war die Tatsache, dass die Erdbeben ausgesetzt hatten. Sie waren nicht etwa schwächer geworden, hatten ihre gerichtete Fortbewegung eingestellt oder sich zu sporadischen Erschütterungen gewandelt – so wie es gewöhnlich der Fall war, wenn der Druckanstieg ohne Eruption ausgeglichen werden konnte.

Sie hatten einfach aufgehört. Kein Beben über Magnitude zwei in den vergangenen vierundzwanzig Stunden. Vor achtundvierzig Stunden hatte es mehrmals am Tag Erdstöße in der Größenordnung drei und vier gegeben, darunter zahlreiche Ereignisse vom Typ-B, welche erfahrungsgemäß einen baldigen Ausbruch ankündigten.

Lena verschränkte die Arme und kaute auf ihrer Unterlippe. Irgendetwas ging auf Teneriffa vor. Und sie musste wissen, was es war.

Kanada, Québec, Percé
Freitag, 25. Mai, 19:00 Uhr Lokalzeit

Henry Duvall starrte auf das Meer hinaus. Er presste die Lippen zusammen, bis sie nicht mehr waren als ein blutleerer Strich in seinem braungebrannten Antlitz. Kein Luftzug regte sich in der anbrechenden Dämmerung. Das Meer lag ruhig und still wie ein Spiegel.

Henry machte sich nichts vor. Die Atempause war trügerisch. Niemals war der Spruch einer Ruhe vor dem Sturm passender gewesen als heute. Der Sankt-Lorenz-Golf wartete; er wartete auf das Anbrechen der Veränderung, auf die Erschütterungen, die seine Oberfläche in unzählige, zerrissene Wellenberge teilten; er wartete darauf, dass er so lebendig werden konnte wie niemals zuvor, während das Leben um ihn herum dem Tod entgegentrat.

Henry musterte den Rocher Percé aus zusammengekniffenen Augen, versuchte, eine Bewegung auf dem schroffen Kalksteinfelsen auszumachen. Gestern war ein metergroßer Felsbrocken von der Nordwand abgebrochen und ins Meer gestürzt. Das Donnern hatte Henry bis zu seinem Haus vernommen und zuerst an ein Erdbeben gedacht. Das war just in dem Moment gewesen, als er den Blogbeitrag auf seiner Seite meteoduvall.com fertiggestellt hatte.

Noch nie hatte Henry solch dramatische Worte verwendet, noch nie eine Katastrophe angedeutet. Aber er musste es tun – für die wenigen Sehenden, die seine Seite besuchten und die Zeichen nicht richtig gedeutet hatten.

Es gab kaum Hoffnung und die meisten Leser des Beitrags würden nur verwirrt den Kopf schütteln, aber das war nicht von Belang. Selbst wenn nur ein einziger Besucher die Wahrheit erkannte und danach handelte, konnte das Henry als Erfolg verbuchen; auch wenn er nie erfahren würde, ob das geschehen war.

Wenige Wochen, dachte Henry. *Das Ende ist nah.*

Henry schmunzelte über seine eigenen Gedanken. Er klang fast wie einer dieser Weltuntergangsfanatiker, die er letztens kennengelernt hatte. Aber das war er nicht. Er berief sich nicht auf göttliche Botschaften, versprach keine Heilung oder das Paradies im Jenseits. Er behauptete auch nicht, dass die Erde oder die Menschheit untergehen würde.

Die Wirklichkeit war viel diffiziler. Niemand konnte das verstehen, der die Erde nicht als Entität, als Wesenheit begriff. Fast bedauerte es Henry, dass er früher ausschließlich die Atmosphäre und das Meer in seine Überlegungen miteinbezogen hatte. Aber damals war er offenbar nicht bereit für die Wahrheit gewesen; oder die Wahrheit hatte noch gar nicht existiert.

Henry senkte den Blick. Er wandte sich ab von der trügerischen Stille des Meeres, marschierte heimwärts. Es war an der Zeit, dass er mit den Vorbereitungen begann. Seine Gedanken schweiften zu dem Beitrag, den er auf seine Internetseite gestellt hatte. Er wusste noch jedes Wort, als hätte sich der Text in sein Gehirn eingebrannt.

Ich habe gestern das Meer gesehen. Es hat gesprochen, mit vielen Zungen. Die Mutter ist erwacht. Sie ist in Aufruhr.

Sie trachtet nach Reinigung, nach Erneuerung. Die Elemente verbinden sich. Es ist nicht mehr allein die Atmosphäre, die tobt. Der Menschheit steht eine Erschütterung bevor, ein Beben der Veränderung, das Ende der bekannten Zeit. Zu lange wurde gewartet, zu lange mit blinden Augen geschaut. Viele werden den Tod küssen. Wenige Mondzyklen, dann ist das Heute Erinnerung. Ende und Neubeginn.

Dies ist mein letzter Beitrag. Ich schließe meinen Blog. Ich wünsche allen Sehenden eine glückliche Reise durch die kommenden Gezeiten. Mögen euch die Winde sicher durch die stürmische See geleiten.

Henry

München, Untergiesing-Harlaching
Samstag, 26. Mai, 10:00 Uhr

»Sicher nicht.« Raphael hob abwehrend die Hände. »Das kommt überhaupt nicht in Frage.«

»Aber wieso nicht?« Sonja lächelte. »Ist doch eine hübsche Farbe. Und passt zu deiner Brille.«

»KEIN rosa! Vor allem nicht diese grässliche Schweinchenfarbe, das ist ja peinlich.«

»Hast du schon mal ein Ferkel gesehen? Die haben eine viel hellere Haut.«

»Ist mir egal. Wir kaufen keinen Strampelanzug in Rosa, und damit basta!«

»Na gut.« Sonja schlenderte zum nächsten Stand. »Wie wäre es hiermit?« Sie hielt ein knallgelbes Kleidungsstück in die Höhe.

Raphael ächzte. »Willst du mich ärgern?«

»Ein bisschen.« Sonja kicherte. Sie ließ den gelben Strampelanzug fallen und griff stattdessen nach einem Exemplar in dezentem Grün.

»Besser?«

»Viel besser.«

»Der Stoff ist 100% Biobaumwolle und fair produziert.«

»Für unser Baby nur das Beste.«

»Sowieso.« Sonja bezahlte und hängte sich bei Raphael ein. »Hannah soll sich ja wohlfühlen.«

»Wie war das?«

»Wir haben uns auf Hannah geeinigt.«

»Haben wir nicht. Du hast den Namen festgelegt, ohne mich zu fragen.«

»Hab ich das?« Sonja legte den Kopf schief. »Daran kann ich mich nicht erinnern.«

»Manchmal bin ich mir unsicher, ob du mich ärgern willst oder ob es an deiner Schwangerschaftsdemenz liegt.«

Sonja zog eine Schnute. »Ich habe es nicht vergessen. Aber Hannah finde ich schön.«

»Klingt wie Anna. Und Anna mag ich nicht, weil ...«

»Ich weiß, deine ungeliebte Tante. Was hältst du von Isa?«

»Zu kurz.«

»Bernadette?«

»Zu altbacken.«

»Julia?«

»So heißt jedes zweite Mädchen.«

Sonja stieß genervt die Luft aus. »Hast du einen besseren Vorschlag?«

»Wie wäre es mit Sophie?«

»Na ja, ich weiß nicht.«

»Ich finde, das ist ein ansprechender und harmonischer Name. Außerdem kann ich mich erinnern, dass du schon mal gesagt hast, dass er dir gefällt.«

»Stimmt, aber ...«

»Du bist doch nur deshalb so ablehnend, weil ich es war, der den Namen vorgeschlagen hat.«

»Na hör mal! Ich bin doch keine eingebildete Tussi.«

»Dann sag ganz ehrlich: Wie gefällt dir Sophie?«

»Ich könnte mich damit anfreunden.«

»Also nehmen wir den Namen?«

»Nein.« Sonja schüttelte energisch den Kopf. »Ich möchte nichts voreilig beschließen. Wir können Sophie vormerken und in die Kandidatenliste aufnehmen. Aber ein paar andere Namen müssen ebenfalls in die engere Auswahl kommen. Darauf bestehe ich.«

»Alea iacta est.«

»Alter Angeber.«

Helmholtz-Zentrum Potsdam, Institut für Erdbeben- und Vulkanphysik
Montag, 28. Mai, 10:30 Uhr

»Das sind Satellitenaufnahmen des Teide-Massivs auf Teneriffa.« Lena deutete auf die Projektion des Beamers an der Wand. »Die Bilder sind im Abstand von zehn Tagen aufgenommen und die relative Höhenveränderung ist farblich dargestellt. Wie man erkennen kann, hat sich der Boden im Nordostteil in wenigen Wochen um mehrere Zentimeter gehoben. Zumindest bis Mitte des Monats. Seitdem senkt sich der Untergrund wieder – aber nur in diesem Bereich. Der Rest der Caldera, des vulkanischen Einbruchbeckens des Teide, hebt sich nunmehr langsam aber beständig. Gleichzeitig ist der Gehalt von Schwefel und Kohlendioxid an den Messstellen gesunken, genauso wie die Erdbebenschwärme verschwunden sind.«

»Verschwunden?«, meldete sich Rolf, der Leiter des Instituts für Seismologie zu Wort. »Das ist wohl etwas übertrieben.«

»Nein, ist es nicht. Das ist eines von mehreren Phänomenen, auf die ich mir keinen Reim machen kann. Innerhalb von wenigen Stunden haben die Erdbeben ausgesetzt. Es gab kaum noch relevante Erschütterungen und kein einziges Beben vom Typ-B. Nur gestern in den frühen Morgenstunden wurden unter der Caldera einige Stöße um Magnitude drei registriert. Danach war wieder Stille.«

Rolf verschränkte die Arme. »Aus Messungen an den Phlegräischen Feldern bei Neapel wissen wir, dass sowohl die Anzahl und Verteilung der Beben, als auch die Veränderung der Bodenhöhe stark variieren kann, ohne dass es zu einer schweren Erschütterung oder einem Ausbruch kommt.«

»Richtig«, bestätigte Lena. »Aber für Teneriffa ist das neu. Außerdem sind die aktuellen Hebungsvorgänge so großflächig, dass es meiner Meinung nach naiv wäre zu glauben, dass es sich um zufällige Schwankungen handelt. Daneben hat der Gravimeter, den die Kollegen aus Kiel vor zwei Jahren in der Caldera installiert haben, ungewöhnliche Anomalien festgestellt. Das könnte bedeuten, dass heiße Gesteinsschmelzen in oberflächennahe Erdschichten vordringen.«

»Und das ohne Schwarmbeben oder nennenswerten Tremor? Das passt nicht zusammen.«

»Genau das meine ich. Ich denke, wir sollten vor Ort Messungen durchführen und die Geräte überprüfen. Am besten früher als später. Ich werde Ende nächster Woche nach Teneriffa fliegen. Leider sind alle Kollegen aus Kiel und München verhindert. Will mich jemand von euch begleiten?«

»Ich komme mit.« Patrick hob die Hand und grinste wie ein Schuljunge. »Ohne mich bist du eh aufgeschmissen.«

Lena nickte, ohne eine Miene zu verziehen. »Sonst noch jemand?«

»Die Entwicklung ist in jedem Fall spannend«, meinte Rolf. »Wenn wir nicht länger als eine Woche bleiben, bin ich dabei.«

»Einverstanden.« Lena musterte Rolf von der Seite. Vor wenigen Monaten war der Leiter des Nachbarinstituts noch einer derjenigen gewesen, der ihrer Führungsposition mit besonderer Skepsis begegnet war. Inzwischen hatte er aber, wie die meisten anderen auch, eine Kehrtwende vollzogen und unterstützte seine Kollegin ohne Vorbehalte. Lena war froh, dass Rolf mitkommen wollte.

Der Seismologe war eine Koryphäe auf dem Gebiet der Erdbebenforschung.

»Wir bleiben nur ein paar Tage«, sagte Lena. »Ich hoffe, das genügt, um herauszufinden, was Guayota gerade anstellt.«

»Guayota?« Patricks Augenbrauen wanderten nach oben. »Sollten wir wissen, wovon du sprichst?«

»Der Dämon im Vulkan. Laut den Guanchen, den Ureinwohnern der Kanarischen Inseln, hauste Guayota im Teide, bis er von einem Gott vertrieben wurde.«

»Wenn er nicht mehr da ist, macht er uns eh keine Probleme.« Patrick grinste.

»Wer weiß.« Lena betrachtete den Ausdruck in ihren Händen, die Zahlen und Messdaten, die keinen Sinn ergeben wollten. »Womöglich ist er zurückgekehrt.«

Wien, Innere Stadt
Dienstag, 12. Juni, 11:00 Uhr

»Hast du kurz Zeit?«

Ferdinand blickte vom Bildschirm auf. In der Tür seines Arbeitszimmers stand Paul. Er war Gründer und Leiter des Architekturbüros, dem Ferdinand angehörte. Seine Werke waren national und international mit zahlreichen Preisen ausgezeichnet worden. Anfangs waren sich Paul und Ferdinand wie Konkurrenten begegnet, hatten um die besten Aufträge gekämpft und versucht, sich gegenseitig auszustechen. Inzwischen war ihre Beziehung eine auf Augenhöhe, freundschaftlich, aber auch mit beiderseitigem Respekt vor dem Können des anderen.

»Ich habe heute einen Anruf bekommen«, erzählte Paul. »Es geht um ein Gebäude in Salzburg, spätes neunzehntes Jahrhundert, das zuerst als Jagdhaus und danach als Landsitz in Verwendung war.«

Paul legte zwei ausgedruckte Fotos auf den Tisch. Ferdinand erkannte ein villenähnliches Gebäude am Waldrand, das offenbar nach späthistorischen Aspekten gestaltet und mit schlossähnlichen Anbauten versehen worden war. Das Haus wirkte weder baufällig noch so, als wäre es renovierungsbedürftig.

»Der Besitzer der Anlage will einige Änderungen vornehmen, auch an der Bausubstanz und dem äußeren Erscheinungsbild. Am Telefon hat er gemeint, er möchte eine ‚Verwandlung‘. Und er will dich. Sein ausdrücklicher Wunsch war es, dass du mit dem Auftrag betraut wirst.«

»Interessant. Ist es jemand, den wir kennen?«

»Nein, ein Neukunde namens Egon Kohlhaas. Ist über eine Empfehlung zu uns gekommen.«

»Handelt es sich um eine bekannte Persönlichkeit?«

»Nach meinen Recherchen nicht. Ich vermute einen öffentlichkeitsscheuen Neureichen. Er wünscht sich, dass du Anfang Juli vorbeikommst und dir die Anlage ansiehst.«

»Habt ihr über die Bezahlung gesprochen?«

»Natürlich.« Paul grinste. »Du kennst mich doch. Ich habe am oberen Limit angesetzt. Er hat ohne Zögern zugestimmt. Scheint ein dicker Fisch zu sein.«

»Vorvertrag?«

»Halte ich unterzeichnet in Händen.« Paul wedelte mit einem Schriftstück vor seiner Brust umher.

Ferdinand war erfreut und erleichtert; erleichtert deswegen, weil ein Großauftrag genau das war, was ihm noch gefehlt hatte. Endlich war er wieder dort angelangt, wo er Anfang des Jahres aufgehört hatte.

»In Ordnung.« Ferdinand lehnte sich in seinem Stuhl zurück und warf die Beine übereinander. »Gib mir die Kontaktdaten. Ich mach's.«

Hamburg, Wandsbek, Bramfeld
Donnerstag, 14. Juni, 20:00 Uhr

»Voilà«, sagte Lorenz, grinste und zog die Hand hinter seinem Rücken hervor. Zwischen den Fingern hielt er einen Briefumschlag.

Sandra warf ihrem Freund und dem dargebotenen Geschenk einen skeptischen Blick zu.

»Was ist das? Schon wieder Kinokarten?«

»Nein.« Lorenz zeigte ein empörtes Gesicht. »Ich lerne aus meinen Fehlern. Karten fürs Kino besorge ich nur noch, wenn du den Film abgesegnet hast.«

»Richtig so. Also, was ist das?«

»Mach es auf.«

Sandra griff nach dem Briefumschlag und zog einen kleinen, handgeschriebenen Zettel hervor. Darauf stand: *Fünf Nächte für zwei Personen im Wohlfühlhotel Waldesruh.*

Verwirrt blickte Sandra auf. »Was ist das?«

»Ein Luxushotel in Österreich, in Salzburg. Ich möchte Anfang Juli mit dir hinfahren.«

»Das ist doch viel zu teuer.«

»Ich lade dich ein.« Lorenz' Grinsen wurde breiter.

Sandras Überraschung wuchs. »Woher hast du so viel Geld?«

»Ich habe mein Abitur bestanden, schon vergessen? Von meinen Großeltern habe ich als Belohnung zweitausend Euro bekommen.«

»Ja, ich weiß. Trotzdem. Das kann ich nicht annehmen. Ich werde meine Eltern fragen, ob sie mir ...«

»Nein, ich möchte dich einladen.«

»Lorenz ...«

»Bitte, lass mir diese Freude.«

Sandra seufzte und strich sich eine Strähne ihrer kinnlangen Haare aus dem Gesicht. »Ich weiß nicht. Das ist viel Geld. Ich will nicht, dass du so viel ausgibst.«

»Na komm. Wenn du magst, kannst du mich ein andermal auch einladen.«

Sandra zögerte. Sollte sie zustimmen? Es war schon reizvoll, ein paar Tage in einem exklusiven Hotel zu verbringen, sich um nichts kümmern zu müssen und ihre Eltern in weiter Ferne zu wissen. Zwar hatten sich die Wogen nach ihren Streitgesprächen vor einigen Wochen geglättet, trotzdem fand sie, dass es von Vorteil war, wenn sie etwas Abstand gewann. Davon abgesehen würde sie mehrere Tage lang durchgehend mit Lorenz zusammen sein – und was das bedeutete, war nicht schwer zu erraten.

Sandra spürte, wie sie kribbelnde Erregung erfasste. »Gut, einverstanden, du darfst mich einladen. Wir müssen nur dafür sorgen, dass wir ausreichend Kondome dabeihaben.«

München, Untergiesing-Harlaching
Freitag, 15. Juni, 07:30 Uhr

»Schatz! Komm mal her.«

Raphaels Herz tat einen Sprung. Er wäre fast vom Sofa gekippt, als er aufsprang und in den Vorraum lief. »Was ist los? Geht es dir gut? Hast du ...?«

Sonja empfing ihn mit einem Grinsen. »Angsthase. Mit mir ist alles in Ordnung. Aber ich habe gewonnen.«

»Gewonnen?«, echote Raphael. »Was denn?«

»Einen Urlaub. Da, sieh selbst.« Sonja hielt ihrem Mann das postalische Schreiben unter die Nase. Raphael rückte seine Brille zurecht und überflog den Text. Darin hieß es, dass Sonja glückliche Gewinnerin eines einwöchigen Aufenthalts für zwei Personen im Salzburger Hotel Waldesruh war. Danach pries der Verfasser die zahlreichen Vorzüge der Unterkunft an. So gab es einen großzügigen Wellnessbereich inklusive Sauna, einen Fitnessraum, ein Langschläferfrühstück und ein viergängiges Menü am Abend sowie mehrere Wanderwege, die direkt beim Hotel vorbeiführten.

»Klingt doch toll, oder?« Sonja lächelte. »Ich wusste gar nicht mehr, dass ich an dem Gewinnspiel teilgenommen habe. Der einzige Haken ist, dass der Aufenthalt ein Fixtermin ist; Anfang Juli, um genau zu sein.«

»Das heißt, ich müsste mir freinehmen.«

»Das wird doch sicher kein Problem sein, nachdem du in den letzten Wochen so viel für die Firma gearbeitet hast. Euer Projekt mit Google wird doch auch gefördert.«

»Stimmt schon, aber gerade deshalb sind eine Menge Dinge zu erledigen. Außerdem weiß ich nicht, ob es eine gute Idee ist, wenn wir jetzt noch wegfahren.«

Sonja legte die Hand auf die Rundung ihres Bauches und warf Raphael einen herausfordernden Blick zu. »Der Geburtstermin ist erst am zehnten August. Dieser Urlaub wäre die perfekte Gelegenheit noch einmal auszuspannen, bevor es richtig anstrengend wird.«

»Es wird anstrengend? Das hättest du mir vorher sagen müssen.«

Sonja deutete eine Ohrfeige an und hob mahnend den Zeigefinger. »Lass den Blödsinn. Ich will ein paar erholsame Tage außerhalb von München und du wirst dir gefälligst Urlaub nehmen.«

»Meinetwegen. Aber du hältst dich beim Sport zurück. Ich muss dich hoffentlich nicht daran erinnern, was bei deinem Karatetraining passiert ist.«

»Das war etwas anderes. Beim Spazierengehen wird man nicht geschlagen.«

»Schon, aber jetzt bist du hochschwanger. Du solltest körperliche Anstrengungen vermeiden.«

»Ich werde brav und artig sein und mich schonen. Zufrieden?«

»So halbwegs. Wie kommst du zu deinem Gewinn?«

»Hier steht eine Nummer, die soll ich anrufen. Danach wird das Zimmer für uns gebucht.«

»Es ist hoffentlich eine Honeymoon-Suite.«

»Hier steht Wohlfühlappartement. Mit einem herrlichen Blick auf das Steinerne Meer, was immer das ist. Und wir haben eine extra große Badewanne im Zimmer.«

»Hört, hört.« Raphael nahm Sonja in den Arm und strich über ihren prallen Bauch. »Dann kann ich vielleicht mal wieder oben sein.«

Sonja grinste. »Aber nur, wenn du mich vorher so richtig verwöhnst.«

»Davon kannst du ausgehen.«

Teneriffa, Caldera des Teide
Freitag, 15. Juni, 10:00 Uhr Lokalzeit

»Verdammte Technik«, murrte Lena und klopfte mir ihrem Zeigefinger auf das Display des Tablets.

»Was ist los?« Patrick äugte über ihre Schulter.

»Kein Empfang. Ich kann die Daten nicht downloaden.«

»Dann müssen wir noch mal zum Vulkaninstitut.«

»Ja, genau.« Lena schnaubte entnervt. »Zwei Stunden Fahrt bis Puerto de la Cruz, dann die sprachlichen Hürden und der Weg zurück auf den Teide. Bis dahin ist es Nachmittag. Keine Chance, dass wir unsere Analysen beenden können.«

»Das war schon vor zwei Tagen klar.«

»Natürlich.« Lena wischte sich eine Strähne aus dem Gesicht, löste ihren Haargummi und band den Zopf neu. »Es ist nur ärgerlich zu sehen, dass wir nicht fertig werden. Wir haben einen Bruchteil von dem erledigt, was wir uns vorgenommen haben. Morgen früh geht es zurück nach Hamburg.«

Patrick nickte verständnisvoll und legte seinen mächtigen Arm um Lena. Die Vulkanologin versteifte sich, obwohl ihr Gefühl sagte, dass die Geste nur als Aufmunterung gemeint war.

»Wir könnten länger bleiben«, schlug Patrick vor. »Den Flug verschieben, unsere Termine am Institut absagen und noch ein paar Tage dranhängen.«

»Ja, aber Rolf muss morgen zurück. Ohne ihn traue ich mir ehrlich gesagt nicht zu ...«

»Sprecht ihr von mir?« Der Seismologe stand hinter ihnen, hatte seine Hände in die Hüften gestemmt und lächelte zufrieden. Lena fiel auf, dass Rolfs Brille beschlagen war. Sie schimmerte undurchsichtig und ebenso grau wie seine Haare, wodurch der Eindruck entstand, er hätte etwas zu tief in einen Aschehaufen geblickt.

»Hundert Meter den Hang hinab ist eine Fumarole, eine Austrittsstelle von Dampf«, berichtete Rolf. »Die war in unseren Daten nicht verzeichnet. Ich habe einen Sensor hineingelegt. Ein paar Prozent Kohlendioxid, aber nur Spuren von Schwefel. Dafür hat das Kondensat über zweihundert Grad Celsius.«

Lena nickte bedächtig. »Glaubst du, der Teide führt etwas im Schilde?«

Rolf nahm seine Brille ab und reinigte sie mit einem Putztuch. »Gut möglich. Wir wissen, dass die Caldera, das vulkanische Einbruchbecken, weiter ansteigt und auch der Tremor zugenommen hat. Das alles ist aber zu schwach ausgeprägt, um die massiven Anomalien des Gravimeters zu erklären. Zumindest nach unserem derzeitigen Wissen.«

»Schade, dass wir morgen abreisen«, meinte Lena. »Bislang können wir keine neuen Erkenntnisse vorweisen.«

»Das stimmt leider.« Rolf seufzte und ließ seinen Blick über die wüstenähnliche Landschaft der Caldera schweifen. »Mich hätte sehr interessiert, was die Phänomene zu bedeuten haben.«

»Was ist, wenn wir länger bleiben?« Patrick blinzelte unschuldig. »Ich meine, wir sind doch alle leidenschaftliche Forscher und wollen nicht nur Fragen haben, sondern auch Antworten finden, oder?«

Nicht schlecht, dachte Lena. *Dieses Argument könnte Rolf überzeugen.*

»Außerdem sind unsere Erhebungen wichtig, wenn tatsächlich ein Ausbruch bevorsteht«, legte Lena nach. »Vielleicht lässt sich durch unsere Forschungsarbeit die Vorwarnzeit erhöhen. Das kann Menschenleben retten.«

Rolf warf seinen Kollegen einen nachdenklichen Blick zu. »Meinetwegen. Wenn das alles nicht so spannend wäre ... Wir können den Rückflug verschieben. Ich werde meine Termine nächste Woche absagen.«

Kanada, Québec, Percé
Donnerstag, 21. Juni, 05:00 Uhr Lokalzeit

Henry Duvall starrte auf das Meer hinaus. Es hieß, die Stunde vor dem ersten Schimmer der Morgendämmerung sei die finsterste Zeit des Tages. Aber das stimmte nicht. Henry war oft genug vor Sonnenaufgang draußen unterwegs gewesen, hatte sich von Mitternacht bis in die Vormittagsstunden im Freien aufgehalten. Die düsterste Zeit lag, abhängig von der Tageslänge, zwischen zwei und fünf Uhr früh, also deutlich mehr als eine Stunde vor Beginn der Dämmerung. Das wusste man aber nur, wenn man regelmäßig mit offenen Augen durch die Nacht spazierte. Die wenigsten Menschen taten das. Dabei gab es in der Dunkelheit viele wunderbare Dinge zu entdecken. Nicht zuletzt offenbarte sich hier das Wirken der Geister. In der Finsternis wurde ihre Magie nicht von Tageslicht oder dem Trubel des Lebens verhüllt. Man konnte einen klaren, ungefilterten Blick auf die Dinge dahinter werfen, auf das, was abseits der materiellen Sichtbarkeit geschah.

Genau dies hatte Henry vor zwei Stunden getan. Das Ergebnis seiner Beobachtung kam nicht überraschend, ließ ihn höchstens ein wenig traurig werden. Es war so, wie er es seit Monaten gesehen hatte, mit dem kleinen Unterschied, dass die Katastrophe nun unmittelbar bevorstand.

Henry bückte sich und griff ins Wasser. Die Wellen umspielten seine Finger, Kälte wanderte seinen Arm empor. Das Meer fühlte sich lebendig an. Es war, als würde es mit Seidenschleiern eine Geschichte erzählen. Die zarten Bänder wickelten sich um Henrys Finger, neckische Stimmen ließen sie tanzen und singen. Die Geister des Wassers waren berauscht, erfüllt von dem, was kommen würde, was kommen musste.

Henry zog die Hand zurück, richtete sich auf, ließ seinen Blick über den Rocher Percé schweifen. Auch die Geister des Himmels und der Erde hatten in das Tanzen und Singen eingestimmt. Am lautesten aber war die Stimme des Feuers in der Tiefe. Es brodelte und grollte, wusste, welch wichtige Aufgabe ihm im Reigen der Elemente zuteilwurde. Das Feuer freute sich auf seinen Einsatz, auf das Finale furioso, das von ihm angeleitet und zum ultimativen Höhepunkt getrieben werden musste.

Henry hatte alle Vorbereitungen und Erledigungen abgeschlossen. Auch die drei wichtigsten Menschen in seinem Leben wussten Bescheid. Insgeheim hatte er gehofft, dass zumindest einer von ihnen sein Angebot aufgreifen und mit ihm kommen würde. Das war nicht geschehen. Er hatte auch nicht damit gerechnet. Die Reise, die nun bevorstand, musste er allein bewältigen. Wenn er zurückkehrte, sofern er das tat, würde nichts mehr sein wie zuvor. Unzählige Tiere und Menschen, die dann nur noch blanke Knochen waren. Die Natur als geschlagenes, verwundetes Wesen. Doch das Leben ließ sich nicht umbringen, nicht auf diese Weise. Es ging weiter, zwar anders als zuvor, aber es erlosch nicht.

Henry schloss die Augen und lauschte. Das Dröhnen der gigantischen Trommel war nicht verstummt. Es klang lauter denn jäh, schlug im Takt eines unsichtbaren Herzens, läutete den Beginn der Schicksalssinfonie ein.

Es ist so weit, dachte Henry. *Ende und Neubeginn.*

Er schulterte seinen Rucksack, kehrte dem Meer den Rücken zu. Ein letztes Mal atmete Henry die würzige Seeluft, dann entfernte er sich von all dem, was sein menschliches Leben ausmachte und marschierte hinein in die endlosen Weiten der kanadischen Wälder.

Teneriffa, Caldera des Teide
Freitag, 22. Juni, 11:00 Uhr Lokalzeit

»Es ergibt keinen Sinn.« Lena sank erschöpft auf einen Lavafelsen. »Weshalb setzt sich die Anhebung der Caldera fort, wenn der Tremor nicht stärker wird? Wieso gibt es nur sporadische, unorganisierte Beben? Auch die Gaszusammensetzung ist unverändert.«

»Stimmt nicht ganz«, warf Rolf ein. »An einigen Messstellen ist der Gehalt an Kohlendioxid und Schwefelwasserstoff angestiegen.«

»Ja, aber die Zunahme ist minimal. Vielleicht liegen wir falsch und es wird überhaupt keine Eruption stattfinden. Ich habe unlängst einen Artikel zum Ausbruch auf Island gelesen. Dort hat die Zusammensetzung der Gase viel deutlicher variiert. Erdbeben waren auch häufiger, ganz zu schweigen davon, dass sich die Erschütterungen in Richtung des Ausbruchsorts bewegt haben.«

»Mag sein. Aber auf Island entsteht die geophysikalische Aktivität durch das Wirken des Mittelatlantischen Rückens, hier auf Teneriffa handelt es sich um Hotspot-Vulkanismus. Und der ist leider ungenügend erforscht.«

»Womöglich haben wir etwas übersehen«, meldete sich Patrick zu Wort. »Überprüfen wir noch einmal die Daten.«

»Meinetwegen.« Lena erhob sich. »Gehen wir zum Auto, dort ist es wärmer.«

Sie marschierten durch die karge Einöde auf ihren Wagen zu. Lena fand das Gebiet hier, die Caldera des Teide – von den Spaniern Las Cañadas genannt – gleichermaßen faszinierend wie abstoßend. Auf den rotbraunen, mit schwarzen Basaltsteinen gesprenkelten Hängen wuchsen niedere Stauden und Zwergsträucher. Es waren struppige, wenig attraktive Pflanzen, die den extremen Bedingungen hier auf über zweitausend Meter Höhe trotzen konnten. Tierisches Leben sah man meist nur in Form unzähliger Touristen, die wie Ameisen an den vulkanischen Sehenswürdigkeiten herumwuselten und versuchten, einen Platz in der Gondel zum Gipfel des Teide zu erhaschen. Lena musste daran denken, was sich hier in dieser kilometerbreiten Senke vor vielen tausend Jahren zugetragen haben mochte. Mit Sicherheit hatte die Explosion des Berges den gesamten Planeten erschüttert.

Die drei Forscher erreichten den Minivan, kletterten hinein. Lena und Rolf zogen ihre Notebooks hervor, während Patrick die händischen Aufzeichnungen der letzten Tage überprüfte. Konzentriert arbeiteten sie sich durch die Fülle an Daten, diskutierten Grafiken, erstellten Übersichtstabellen und Diagramme.

»Moment.« Rolf packte Lena am Arm. »Geh noch einmal zurück.«

Lena rief das letzte Bild auf, das die örtliche und zeitliche Verteilung der Erdbeben im April und Mai zeigte.

Auf Rolfs Stirn bildete sich eine steile Falte. »Kannst du das mit den Beben seit Anfang des Jahres und den Erschütterungen der letzten Tage übereinanderlegen?«

»Sollte kein Problem sein.« Lena hantierte am Notebook und importierte die fehlenden Daten in das Geoinformationssystem. »So, jetzt habe ich alle ...«

Sie verstummte. Rolfs Falte auf der Stirn wurde tiefer, seine Augen verengten sich zu Schlitzen.

»Was ist denn los?« Patrick beugte sich vom Rücksitz nach vorn und blickte auf den Bildschirm. »Oha.«

»Das sieht nicht gut aus«, murmelte Rolf. »Gar nicht gut.«

∞

Sie brausten die Straße entlang Richtung Norden. Vor ihnen lag El Portillo, das den Rand der Caldera markierte. Patrick, der Spanisch am besten beherrschte, hatte sein Mobiltelefon ans Ohr gepresst und telefonierte mit dem Leiter des Vulkaninstituts in Puerto de la Cruz. Sein angespannter Gesichtsausdruck ließ deutlich werden, dass ihn sein Gegenüber nicht oder zumindest nicht zur Gänze verstand.

»Ich bin mir nicht sicher, ob ich ihm unsere Beobachtungen vermitteln konnte«, bemerkte Patrick, als er das Gespräch beendete. »Oder er glaubt uns nicht.«

»Ich hoffe inständig, dass wir uns irren.« Lena blickte aus dem Seitenfenster, betrachtete die unscheinbar daliegende Hochebene. Ihre Finger tippten unruhig auf das Lenkrad. »Aber die Beben sind tatsächlich immer näher zu den Rändern der Caldera gerückt, konzentrieren sich auf die ehemaligen Bruchlinien. Eruptionen an mehreren Stellen des Vulkankessels ... Das könnte weite Teile Teneriffas gefährden.«

»Es ist nur eine Hypothese«, beruhigte Rolf. Doch auch er war ungewöhnlich fahl im Gesicht. »Mag sein, dass die Verteilung der Erdbeben und die Messungen des Gravimeters auf ein solches Szenario hinweisen. Aber wie du vorhin gesagt hast, die Gasmessungen sind unscheinbar. Wenn überhaupt, wird ein Ausbruch noch Wochen oder Monate auf sich warten lassen.«

»Wir haben die Daten der Geophone nicht.« Lena merkte, dass sie deutlich zu schnell unterwegs war und trat auf die Bremse. »Wenn die Kollegen in Puerto de la Cruz unsere Erkenntnisse miteinbeziehen, lässt sich über die unterirdische Ausbreitung der Erdbebenwellen vielleicht feststellen, ob sich tatsächlich ein riesiger Magmasee unter Teneriffa gebildet hat.«

»Der vulkanische Tremor war in den letzten Wochen unauffällig – und ist es seit Jahren. Bei der Menge an Magma, die wir vermuten, hätte es über einen längeren Zeitraum massive Ströme flüssigen Gesteins und damit erheblichen Tremor geben müssen.«

»Was ist, wenn es langsam gegangen ist?«, murmelte Lena. »Über Jahrzehnte oder Jahrhunderte. Womöglich ist in Kürze die kritische Masse erreicht und es fehlt nur noch ein Tropfen, der das glühende Fass zum Überlaufen bringen wird.«

»Aber warum jetzt? Weshalb gab es keine Vorboten dieser Entwicklung?« Rolf massierte seinen Nasenrücken. »Das Ganze entbehrt noch immer jeder Logik.«

Lena fand keine passende Antwort und sie konzentrierte sich darauf, den Wagen auf der schmalen Fahrbahn zu halten. Sie verließen El Portillo deutlich über der erlaubten Höchstgeschwindigkeit und brausten auf die erste Kehre zu, als Patrick einen warnenden Laut ausstieß.

»Stopp, anhalten!«

Lena bremste scharf und hielt mit quietschenden Reifen am Straßenrand.

»Seht, dort drüben!« Patrick riss die Hintertür auf und sprang aus dem Wagen.

Zweihundert Schritte von der Fahrbahn entfernt erhob sich eine meterhohe Dampffontäne aus dem rotbraunen Vulkangestein. Die Fumarole konnte noch nicht lange Bestand haben, andernfalls hätten sich inzwischen Einsatzkräfte, Wissenschaftler und Horden an Touristen um das Naturphänomen versammelt. So waren es nur ein paar Einheimische und versprengte Nationalparkbesucher, die neben ihren Fahrzeugen oder vor der dampfenden Austrittsstelle standen.

Patrick öffnete die Heckklappe des Minivans und kramte in ihrer Ausrüstung. »Ich nehme das Gasmessgerät und die Temperatursensoren. Kann jemand die Kamera tragen?«

»Ich glaube, es wäre besser, wenn wir die Behörden informieren und weiterfahren«, gab Rolf zu bedenken. »Mir gefällt nicht, wie rasch sich diese Spalten bilden.«

»Aber das ist doch das Spannende«, meinte Patrick. »Wann hat man schon die Gelegenheit, die Entstehung einer Fumarole live zu dokumentieren?«

Ein guter Einwand, dachte Lena. Viel zu oft sahen sie die interessantesten Dinge nur am Bildschirm, begegneten ihnen in unspektakulären Statistiken oder vernahmen sie auf wissenschaftlichen Kongressen. Dennoch war ihr unwohl bei dem Gedanken, sich einer unerforschten Fumarole zu nähern, die sich möglicherweise über einer prall gefüllten Magmakammer befand.

»Also ich gehe«, sagte Patrick, als seine Kollegen keine Anzeichen erkennen ließen, ihm zu folgen. »Kommt ihr jetzt mit oder nicht?«

Lena und Rolf warfen sich einen Blick zu. Die Vulkanologin glaubte einen düsteren Schatten auf den Zügen ihres Kollegen zu erkennen, aber er verflüchtigte sich, bevor sie eine entsprechende Frage stellen konnte.

»In Ordnung«, erwiderte Rolf. Seine Stimme klang ungewohnt zaghaft. »Sehen wir uns das Ding mal an.«

∞

»Wahnsinn!«, rief Patrick und trat zwei Schritte von der Spaltöffnung zurück. »Fünfhundertdreiundsechzig Grad!«

»Das ist mit Abstand die höchste Temperatur, die wir in den letzten Tagen gemessen haben«, bemerkte Lena.

»Auch die Verteilung der Gase ist anders.« Rolf blickte abwechselnd auf sein Notebook und den Sensor zur Gasmessung, den sie in die Spaltöffnung gelegt hatten. »Deutlich mehr Kohlendioxid und fast zehn Prozent

Schwefelverbindungen. Das ist ein dramatischer Anstieg, den wir sofort melden müssen. Patrick, kannst du …«

»Hey, Lena!« Patrick winkte seiner Kollegin zu, das Lausbubengesicht zu einem breiten Lächeln verzogen. »Könntest du ein paar Aufnahmen von mir und der Fumarole machen? Ich will endlich etwas haben, mit dem ich am Institut prahlen kann.« Sein Lächeln wurde zu einem Grinsen.

»Du glaubst doch nicht, dass dir mit solchen Fotos die Frauen zu Füßen liegen?« Lena lächelte ebenfalls.

»Das ist gar nicht nötig.« Patrick hob neckisch den Kopf. »*Eine* Frau reicht mir vollauf.«

»Ach ja?« Lena stemmte die Hände in die Hüften. »Heißt das etwa, dass du …?«

Der Boden erzitterte. Zunächst handelte es sich bloß um einen kurzen, harmlosen Stoß, doch dann brandete ein massives Beben durch den Untergrund. Überall knirschte und knackte es. Steine polterten talwärts, einige der Touristen schrien auf – und die Fumarole veränderte sich. Es geschah in absurder Schnelligkeit, sodass Lena das Gefühl hatte, von einer Zeitrafferaufnahme eingeholt zu werden. Der Spalt, aus dem das Gas austrat, wurde schlagartig länger, breiter, dehnte sich seitlich aus – und raste direkt auf Patrick zu.

Lena wollte eine Warnung brüllen, aber die Erschütterungen brachten sie aus dem Gleichgewicht und ihr Schrei geriet zu einem Keuchen. Ein Zischen hob an, wie ein Meer aus Schlangen. Der Dampfstrahl intensivierte sich, brodelte empor. Patrick wandte den Kopf, sah die Gefahr und riss die Augen auf. Sein Mund formte ein großes O, als der Boden zwischen seinen Beinen aufriss. Einen Moment lang kämpfte er um sein Gleichgewicht, die Arme seitlich ausgestreckt, ein Bein erhoben wie ein Seiltänzer. Dann traf ihn ein Schwall des fünfhundert Grad heißen Dampfes, hüllte ihn ein. Sein Brüllen verschmolz mit dem Grollen des Bodens, wurde eins mit dem Fauchen des Kondensats. Patrick kippte zur Seite, stürzte in die Öffnung und verschwand.

Mehrere Sekunden lang war Lena wie gelähmt. Sie starrte auf die Stelle, an der ihr Kollege gerade noch gestanden hatte, auf jenen Punkt, an dem sich jetzt eine kochende Luftmasse zum Himmel schraubte.

Nein. Lena erwachte aus ihrer Erstarrung, sprintete los. Sie registrierte, dass der Boden zum Stillstand kam und der tödliche Spalt seine Ausbreitung stoppte. Die Forscherin erreichte den Rand der Fumarole – und schrak zurück, als das dampfende Kondensat in ihre Richtung zischte.

Heiß. Die Luft war unfassbar heiß! Lena biss die Zähne zusammen, beschattete ihre Augen, suchte verzweifelt nach Patricks Gestalt inmitten der brausenden Schwaden. Sie tat einen Schritt nach vorn, dann noch einen ...

»Zurück!«, brüllte jemand. Im gleichen Augenblick fühlte sich Lena gepackt und nach hinten gerissen. Rolf stand neben ihr und hielt ihren Arm wie einen Schraubstock.

»Nein«, keuchte Lena. »Ich muss ... Patrick!«

»Du kannst nichts für ihn tun«, schrie Rolf mit einer Stimme, die zwischen nackter Panik und düsterem Grauen schwankte. »Er ist tot, Lena!«

Zwei weitere, markante Beben hatten sich in der vergangenen Stunde ereignet, allerdings keines so heftig wie das erste. Lena hockte auf einem schwarzrot gefleckten Felsbrocken, ihr Blick ging ins Leere. Wie hatte das geschehen können? Trug sie Schuld daran, dass Patrick das Gleichgewicht verloren hatte und in die Tiefe gestürzt war? Hätte sie ihn zurückrufen, ihn festhalten können?

»Es war nicht vorhersehbar.« Rolf stand gebeugt, seine Gesichtszüge wirkten um Jahre gealtert. »Niemand hätte das vorhersehen können.«

»Du hast die Gefahr geahnt.« Lenas Stimme war nur ein Flüstern. »Wir hätten auf dich hören, hätten weiterfahren sollen.«

Sie betrachteten das hektische Treiben um die Fumarole, die blinkenden Blaulichter von Feuerwehr, Rettung und Polizei. Es war den Einsatzkräften nicht gelungen, in die Tiefe der Spalte vorzudringen. Die Temperatur lag schon in einigen Schritten Entfernung bei über hundert Grad und durch die dichten Dampfschwaden konnte man keinen Meter weit sehen. Davon abgesehen waren die Beben unberechenbar. Das Gebiet wurde derzeit großräumig abgeriegelt.

»Wir fahren nach Puerto de la Cruz, ins Vulkaninstitut«, sagte Rolf. »Patricks Tod darf nicht vergebens sein. Wir müssen verhindern, dass noch mehr Menschen sterben.«

Er reichte Lena die Hand, half ihr in die Senkrechte. Schweigend marschierten sie zum Wagen zurück. Zwei Polizeibeamte stellten Rolf letzte Fragen, eine Sanitäterin drückte ihnen Pappbecher mit heißem Kaffee in die Hand.

»Kannst du fahren?« Lena hörte selbst, wie kraftlos ihre Stimme klang.

»Selbstverständlich.« Rolf klemmte sich hinter das Lenkrad und startete den Motor. Als sie sich in Bewegung setzten, hatte Lena die bedrückende Empfindung, Patrick im Stich zu lassen. Fast hätte sie aufgeschrien, hätte Rolf befohlen stehenzubleiben und wäre zur Spalte zurückgelaufen. Aber das hätte nur ein unnötiges Risiko bedeutet. Selbst in Schutzanzügen und mit Gasmasken war es unmöglich, länger als einige Sekunden den glühenden Dampfmassen standzuhalten. Wenn Rolf recht behielt und die Entwicklung so voranschritt wie in den vergangenen Stunden, mochten auch sie selbst und viele Bewohner Teneriffas in Gefahr schweben.

»Glaubst du, der Teide wird ausbrechen?«, fragte Lena.

Rolf seufzte schwer. »Ohne die aktuellen Daten und Messwerte ist das unmöglich zu sagen. Aber meinem Gefühl nach lautet die Antwort ja.«

»Wird es bald passieren?«

Rolfs Blick heftete sich auf den Straßenverlauf vor ihnen. Er blinzelte nicht.

»Ja. Sehr bald.«

Puerto de la Cruz, Vulkaninstitut
Freitag, 22. Juni, 18:00 Uhr Lokalzeit

»Der Helikopter wird Sie in wenigen Minuten abholen und zum Flughafen bringen«, sagte der Institutsmitarbeiter in gebrochenem Englisch.

Lena nickte schweigend. Sie hatten getan, was sie tun konnten. Sie hatten ihre Daten und Erkenntnisse mit den örtlichen Vulkanologen geteilt, ihre Vermutungen geäußert und an den turbulenten Diskussionen im Besprechungsraum teilgenommen. Mehrmals waren neue, wenn auch schwache Erdbeben zu spüren gewesen und hatten für Unruhe gesorgt. Schlussendlich war man zu der Überzeugung gelangt, dass ein explosiver Ausbruch unwahrscheinlich war. So sprachen die Stellen der Dampfaustritte und der insgesamt geringe Gehalt kritischer Gase dagegen. Auch die Anhebung der Caldera lag im Bereich der natürlichen Schwankungsbreite der letzten Jahre. Allerdings nahm man an, dass sich im Nordostteil Spaltöffnungen bilden konnten. Im Zuge effusiver Eruptionen mochte dabei flüssige Lava bis in besiedeltes Gebiet vordringen. Die gefährdeten Bereiche wurden am Nachmittag eingegrenzt, die Behörden informiert und weitreichende Evakuierungen empfohlen.

Lena fühlte sich schwach, so schwach wie schon lange nicht mehr. Sie ließ zu, dass Rolf sämtliche Gespräche führte und die Formalitäten erledigte. Immer wieder sah sie vor ihrem geistigen Auge Patricks Gesicht, sein breites Grinsen, das zerfloss und einem Ausdruck purer Fassungslosigkeit wich. Sie sah, wie der Dampf emporschoss, wie Patrick gepeinigt aufbrüllte und von der tödlichen Spaltöffnung verschlungen wurde. Lena glaubte nicht, dass sie diese Bilder jemals aus ihrem Kopf verbannen konnte. Sie fraßen sich in ihrem Bewusstsein fest wie eine rostige Wagentür, trübten ihre Gedanken und überschütteten sie mit unstillbarer Trauer.

»Wir müssen los.« Rolf lächelte ihr aufmunternd zu. Wahrscheinlich kam es Lena nur so vor, aber die grauen Haare des Seismologen wirkten noch farbloser als vor einigen Stunden. Auch wenn er nach außen kaum eine Gefühlsregung erkennen ließ, ahnte Lena, dass es in seinem Inneren ganz anders aussah.

Sie traten ins Freie und auf den Vorplatz hinaus. In der Ferne erklang das Geräusch des Helikopters, der sie abholen kam – ein letzter Dank der kanarischen Forscher für ihre Unterstützung. Lena fragte sich, ob sie und Rolf alles getan hatten, was sie konnten, sämtliche Informationen, die für eine Einschätzung der Lage bedeutend sein mochten, weitergegeben hatten. Wenn nicht, war es jetzt zu spät dafür. Alles war zu spät.

∞

Lena atmete tief durch, als sie sich in den Flugzeugsitz fallen ließ. Es war erfreulich, dass sie so kurzfristig noch zwei Plätze im Flieger ergattert hatten – und dass der Flug angesichts der Erdbeben nicht abgesagt worden war. Lena hätte es keinen Tag länger auf Teneriffa ausgehalten. Sie blickte aus der ovalen Scheibe der Boeing, sah zu, wie die Startbahn verwischte und das Flugzeug an Höhe gewann.

Inzwischen war es Nacht und die Landschaft abseits der städtischen Lichtquellen nicht mehr als ein formloser, graubrauner Schemen.

Ob es einen Gott gibt? Die Frage drang völlig unerwartet in Lenas Geist. Wahrscheinlich waren es ihre trüben Gedanken, die sie auf dieses Thema gestoßen hatten, ein Thema, das sie bereits vor Jahren mit dem Vermerk *unwichtig* abgehakt hatte.

Vielleicht keinen Gott, dachte Lena. *Aber eine Göttin.*

Bevor sie ins Flugzeug gestiegen waren, hatte in rascher Folge die Erde gebebt. Es waren keine schweren Erschütterungen gewesen, dennoch hatte sich Lenas Herzschlag beschleunigt und ihre Handflächen waren feucht geworden. Die Beben wirkten anders als bisher. Es war, als handelte es sich um das beständige, dumpfe Grollen eines Wesens, das tief im Schlot des Teide verborgen lag. Fast so, als wäre es tatsächlich Guayota, der Dämon im Vulkan.

Lena glaubte, dass Rolf die Einschätzung der kanarischen Forscher nicht teilte. Seine Gesichtszüge hatten sich während des Helikopterfluges zunehmend mit Schatten umwölkt. Doch er war still geblieben und hatte Lena nicht an seinen Gedanken teilhaben lassen. Auch die Diskussionen am Vulkaninstitut hatte er schweigend mitverfolgt und nur dann und wann mahnende Worte von sich gegeben. Ob er noch immer davon überzeugt war, dass ein massiver Ausbruch bevorstand? Lena wusste es nicht. Sie besaß auch nicht den Mut, Rolf danach zu fragen. Im Moment gab es nur einen Menschen, mit dem sie gern gesprochen hätte. Aber dieser Mensch war nicht mehr da und würde niemals zurückkehren. Patrick war Vulkanologe gewesen, genau wie sie. Er hatte die Gefahren einer ungefestigten Fumarole gekannt. Natürlich hatte er gewusst, dass er nicht an die Spaltöffnung herantreten sollte. Freilich war Lena zu einfältig und impulsiv gewesen, um Rolfs Bedenken ernst zu nehmen und Patrick zurückzuhalten.

Lena ließ sich in ihren Sitz zurücksinken. Es führte zu nichts, wenn sie jetzt in Selbstmitleid versank. Wahrscheinlich lag Rolf richtig und sie hätte Patricks Leben nicht retten können. Aber nur wahrscheinlich.

Sie schwenkten Richtung Norden ein. Teneriffa lag links von ihnen, direkt vor Lenas Fenster, ein Bergkegel aus Finsternis, gesäumt von dem Lichtermeer menschlicher Siedlungen. Lena fragte sich, ob die Bevölkerung inzwischen erfahren hatte, in welcher Gefahr sie schwebte. Würden die Menschen den Anordnungen zur Evakuierung Folge leisten oder sich an die Hoffnung klammern, dass ihnen nichts geschehen konnte? Vielleicht glaubten sie auch ...

Lena zwinkerte, aber es blieb dabei. Der schwarze Bergkegel war nicht mehr schwarz, die Caldera des Teide nicht länger ein düsterer Abgrund ohne erkennbaren Boden. Der Berg hatte Augen bekommen. Rot glühende Pupillen wuchsen aus der Finsternis, glommen auf, weiteten sich, spuckten Feuerzungen in den Nachthimmel empor. Die Caldera, der Teide, beide leuchteten tiefrot, schwankten und verzogen sich wie eine Luftspiegelung am Wasser.

Lena vernahm nicht die erschrockenen Ausrufe der anderen Fluggäste, hörte nicht Rolfs entsetztes Keuchen oder den Appell des Kapitäns, Ruhe zu bewahren. In ihr war es still, so still wie seit Ewigkeiten nicht mehr. Sie sah nur den Berg, das Ungetüm im Herzen von Teneriffa, das zum Leben erwachte und mit seinen Klauen den felsigen Untergrund auseinanderbrach.

Lena hielt den Atem an, als Explosionen die Caldera zerrissen. Asche und Felsen wurden emporgeschleudert, feuriges Rot überflutete die Insel. Sie wusste, was vor ihren Augen geschah, wusste, was es bedeutete, wusste, dass der Tod unzähliger Menschen bevorstand. Guayota war zurückgekehrt.

Südtirol, Schlanders
Samstag, 23. Juni, 10:00 Uhr

Emma saß vor dem Fernseher, starrte wie gebannt auf den Bildschirm. Sie wollte ihren Augen nicht trauen, hätte am liebsten die Lider geschlossen und an etwas Schönes, Beruhigendes gedacht. Doch das war unmöglich.

Die Bilder waren grauenvoll. Sie zeigten die rauchende und Asche spuckende Trümmerruine des Vulkans, brennende Wälder, zerstörte Dörfer und weinende, verdreckte Menschen. Angeblich war der Teide völlig überraschend und mit nie gekannter Intensität ausgebrochen. Fünftausend Tote, so lautete die erste, zurückhaltende Schätzung. Derzeit waren die Behörden dabei, die Überlebenden mittels Schiffen auf den umliegenden Inseln zu verteilen.

Emma sah Aufnahmen des Hafens von Santa Cruz – panische Menschen, die verzweifelt versuchten, einen Platz auf den völlig überfüllten Booten zu ergattern. Ein Lavastrom war aus dem ehemaligen Vulkankegel in der Mitte der Insel ausgetreten und nach Norden geflossen, hatte sich in der Geschwindigkeit eines galoppierenden Pferdes die Hänge des Berges hinabgewälzt. Seine tödliche Bahn führte ihn quer durch die Ortschaft Puerto de la Cruz. Allein hier ging man von mehr als tausend Opfern aus. Weitere Bilder zeigten die Küste und das Meer, das dort, wo die Lava in den Fluten versank, zu kochen begann. Erste Erhebungen ergaben, dass mindestens die Hälfte der Insel auf längere Zeit unbewohnbar sein würde – und es mochte sogar noch schlimmer kommen, wenn die Aktivität des Vulkans weiter anhielt.

Das ist erst der Anfang, drang es in Emmas Gedanken. Erschrocken schaltete sie den Fernseher aus und erhob sich. Sie musste sich irren. Natürlich irrte sie sich. Ein verheerender Vulkanausbruch bedeutete noch lange nicht das Ende der Welt. Oder etwa doch?

Emma trat zur Tür und in den Garten hinaus. Es war warm, beinahe heiß. Die Sonne knallte vom Himmel, kein Windhauch ließ die Blätter der Silberpappeln erzittern. Mit Sicherheit stieg die Temperatur heute über dreißig Grad – der nächste Hitzetag und garantiert nicht der letzte.

Emma spürte, wie ihr der Schweiß ausbrach. Sie begriff, dass dies nicht an der dampfigen Schwüle lag. Vor ihrem inneren Auge standen noch immer die Bilder aus Teneriffa; Bilder, die sich eingebrannt hatten und unaufhörlich abgespielt wurden wie eine endlose Zeitschleife. Vor wenigen Monaten war sie auf den Kanarischen Inseln gewesen und hatte dort das Ende eines Monsters erlebt. Nun war dort ein neues Ungeheuer erwacht.

Ein gutes Ende bringt einen schlimmen Neubeginn, erinnerte sie sich an die Worte des unbekannten Verfassers der Briefe in Matteos Arbeitszimmer. Vielleicht hatte sie sich doch nicht geirrt. Vielleicht war es ein Anfang. Der Anfang vom Ende.

Emma erzitterte und der Schweiß auf ihrer Haut verwandelte sich in Eiswasser.

Salzburg, Saalfelden
Samstag, 23. Juni, 12:00 Uhr

Josef wusste, dass dies ein Zeichen war. Die erschreckenden Bilder des Vulkanausbruchs auf Teneriffa ließen deutlich werden, wie zerbrechlich und gefährdet die Menschheit und ihre Errungenschaften waren. Es gab nichts, das man gegen die Urgewalt der Erde ausrichten konnte. Für Josef kam diese Feststellung wenig überraschend. Ebenso war der Vulkanausbruch nicht das erste Zeichen, das er erkannt und richtig gedeutet hatte. Damals in der Gaststube, als das Erdbeben aufgetreten war, hatte er bereits geahnt, dass sich ein Unglück anbahnte. Josefs ausgiebige Recherchen im Internet hatten seinen Verdacht bestätigt. Seit Wochen gab es weltweit erhöhte seismische Aktivitäten. Außerdem handelte es sich beim Teide nicht um den einzigen Vulkan, der aktiv geworden war. Es gab andere, größere, die eine auffällige Regsamkeit an den Tag legten. Seltsamerweise schien niemand zu begreifen, was das bedeutete.

Er, Josef, wusste es. Der Klimawandel hatte begonnen; aber nicht der, den die Menschheit durch ihre Habgier und Rücksichtslosigkeit verursachte. Entgegen der Überzeugung seiner Mitmenschen leugnete Josef die menschengemachte Klimaerwärmung nicht. Doch er war davon überzeugt, dass es auf der Erde Mechanismen gab, die eine radikale Trendumkehr, einen abrupten Temperaturabfall bewirken konnten – und bewirken würden. Von Anfang an hatte Josef die Aktivitäten unter der Erdkruste verdächtigt. Der Ausbruch eines Supervulkans musste zu einem vulkanischen Winter führen, der die Temperaturen auf der Erde um zehn oder mehr Grad fallen ließ und Jahre andauern mochte. Klarerweise war der Teide nur ein kleiner Vulkan und seine Eruption hatte keine globalen Auswirkungen. Aber wenn sich sein Verdacht bestätigte, blieb es nicht bei diesem einen Ausbruch.

Josef wandte sich seiner Frau zu. »Wir sollten unsere Tochter anrufen.«

Trudes Blick flackerte. »Glaubst du, dass sie ...«

»Ich gehe davon aus, dass sie es längst begriffen hat. Vielleicht können wir sie davon überzeugen, dass sie zu uns kommt.«

»Niemals. Lena ist viel zu besessen von ihrer Arbeit als Vulkanologin.«

»Vielleicht hast du recht.« Josef blickte aus dem Fenster, auf die in der Sommerhitze geduckten Gräser und Sträucher, ein Sommer, der bald einem langen Winter weichen würde. »Aber irgendwann wird sie begreifen, dass sie nichts mehr tun kann, dass die Katastrophe unausweichlich ist. Ich hoffe, Lena merkt es nicht zu spät. In Norddeutschland werden die Bedingungen noch extremer sein als hier bei uns. Und es leben dort mehr Menschen; Menschen, die bald zu einer Gefahr werden. Lena muss zu uns kommen, wenn sie überleben möchte.«

»Aber wenn sie nicht will ...«

»Wir können sie nicht zwingen.«

Josef erhob sich, trat an den Waffenschrank und nahm ein Jagdgewehr heraus. Sofort sprang Igor auf, bellte und lief zu seinem Herrn. Die Augen des Jagdhundes leuchteten vor Freude. Josef dachte, dass es schön sein musste, ein Hund zu sein. Man war einfach zu begeistern, lebte in den Tag hinein, ohne einen Gedanken an morgen zu verschwenden. Statt komplexer Reflexionen ging es vornehmlich um Düfte, Nahrung und Fortpflanzung. Man blieb ahnungslos und unbekümmert gegenüber der Katastrophe, die sich auf der Welt anbahnte und die eigene, einfältige Existenz verschlingen musste.

Josef kontrollierte den glänzenden Lauf des Gewehrs und steckte eine Schachtel mit Patronen in seine Weste. Dicht gefolgt von Igor trat er vor die Tür.

»Ich bin mal unterwegs. Du weißt, Lena hält mich für verrückt, also vielleicht sprichst zuerst du mit ihr.«

Bayern, Straubing, Polizeipräsidium Niederbayern
Mittwoch, 27. Juni, 14:30 Uhr

»Bernhard, komm in mein Büro.« Mathias stand in der Tür, seine Gesichtszüge wirkten angespannt. »Sofort.«

Irritiert musterte Bernhard Mathias' Antlitz, versuchte zu ergründen, weshalb ihn der Polizeivizepräsident sprechen wollte. Auch Julia, die am Nachbartisch saß, wirkte verwirrt. Sie warf Bernhard einen fragenden Blick zu, aber der konnte nur die Schultern zucken.

Mathias ging im Stechschritt voran und schloss die Bürotür, sobald Bernhard eingetreten war.

»Dein Vater ist heute Morgen gestorben«, sagte Mathias.

Bernhard blieb stumm. Er fühlte weder Überraschung noch Bedauern, fragte sich bloß, weshalb Mathias vor ihm davon erfahren hatte.

»Wie gemunkelt wurde, hatte er Krebs, aber niemand weiß Genaueres.«

Diese Aussage verwunderte Bernhard. Hatte Gottfried nur ihn über seine Erkrankung informiert? Das kam ihm doch merkwürdig vor. Ihr letztes persönliches Gespräch Ende März war das einzige in Jahren gewesen, das Intimität und emotionale Ehrlichkeit besessen hatte. Davor waren sie sich meist wie Polizeikollegen begegnet; manchmal auch wie Konkurrenten.

»Ich wusste von der Erkrankung«, sagte Bernhard. »Gottfried hat mir bei unserem letzten Treffen mitgeteilt, dass er nicht mehr lange zu leben hat.«

Mathias' Augenbrauen wanderten zusammen. »Mir gegenüber hat er kein Wort verloren. Dabei waren wir noch vor drei Wochen gemeinsam essen.«

»Weshalb wurde ich nicht über seinen Tod informiert?«, fragte Bernhard. »Ich bin sein nächster Angehöriger.«

»Das ist eine Sache, die ich auch nicht verstehe. Mich hat sein Sachverwalter angerufen.«

»Sachverwalter?«

»Genau. Vor einer Stunde kam der Anruf. Sein Name ist Jacob van Leeuwen. Er hat gemeint, es gibt eindeutige Anweisungen, wie im Fall von Gottfrieds Tod vorgegangen werden soll.«

»Welche Anweisungen denn? Wenn ein Toter entdeckt wird, versucht man zuerst die nächsten Angehörigen ausfindig zu machen.«

»Ja, und da sind wir beim Kern der Sache.«

»Wie meinen?«

»Dein Vater wurde nicht gefunden. Er hat seinen Sachverwalter angerufen und ihn zu sich bestellt.«

»Willst du damit sagen ...?«

»Es sieht alles nach Suizid aus. Kopfschuss in der Badewanne. Aus nächster Nähe, die Finger lagen noch auf der Pistole. Das haben mir die zuständigen Ermittler bestätigt.«

Bernhard stand da und starrte in Mathias' Gesicht, als erwartete er, dass sein Freund in Lachen ausbrach und erklärte, dass die Sache mit dem Freitod seines Vaters ein makaberer Scherz war. Es konnte nicht sein. Gottfried war niemand, der sich freiwillig das Leben nahm. Selbst mit dem Tod vor Augen hätte er einen aussichtslosen Kampf der raschen, endgültigen Entscheidung vorgezogen. Oder etwa nicht?

Wie gut kannte ich meinen Vater wirklich?, dachte Bernhard und biss sich auf die Lippe.

∞

Zwei Tage später war es wieder Mathias, der die Neuigkeit zuerst erfuhr.

»Dein Vater hat ein Testament hinterlassen.«

»Hat er das?« Bernhard war nicht überrascht. Gottfried war dafür bekannt gewesen, stets vorzusorgen. Während seiner Zeit als Polizeibeamter hatte er umfassende, präzise Berichte erstellt und jede Eventualität berücksichtigt. Zudem war ihm bewusst gewesen, dass sich sein Leben dem Ende zuneigte.

»Ja, und er hat dich in seinem Testament bedacht.«

»Was bekomme ich denn? Seine Ordensammlung?«

»Nein, eine Immobilie.«

»Was?«

»Ein Haus in Salzburg, in Saalfelden.«

»Ist nicht dein Ernst.«

»Das hat mir der Sachverwalter mitgeteilt.«

»Ach ja? Weshalb ruft der immer dich an? Außerdem dachte ich, das Testament ...«

»... wurde noch nicht verlesen, das ist richtig. Diese Information stand in Gottfrieds Abschiedsbrief, der direkt an den Sachverwalter gegangen ist. Das Gebäude soll sich in einem guten Zustand befinden. Da dein Vater angeblich keine Schulden hat ... Ich schätze, du solltest das Erbe antreten.«

Bernhard grübelte vor sich hin. Ein Haus in Salzburg? Das war ihm neu. Sein Vater hatte nicht viel von Immobilienbesitz gehalten, wenigstens soweit er wusste. Das Einfamilienhaus, in dem Bernhard mit seinen Eltern gelebt hatte, war nach deren Scheidung verkauft worden. Damals war Bernhard erst sechzehn gewesen. Gottfried hatte ihm eine kleine Eigentumswohnung finanziert – wahrscheinlich bloß deshalb, weil er kein Interesse daran hatte, seinen Sohn wiederzusehen oder mit ihm zu sprechen. Bernhard hatte sich in dem dunklen, hellhörigen Apartment nie wohlgefühlt. Mit neunzehn war er ausgezogen und nach Süddeutschland gegangen. Sein Vater wohnte zunächst in einer Maisonette und hatte anschließend eine Penthousewohnung im Herzen von Berlin bezogen. Von mehr Immobilien wusste Bernhard nichts. Weshalb also jetzt ein Haus in Salzburg?

»Ich werde das Begräbnis und die offizielle Testamentseröffnung abwarten«, sagte Bernhard. »Dann sehen wir weiter.«

»Bei einem schuldenfreien Haus muss man nicht lange überlegen, oder?«

»Vielleicht. Aber bevor ich irgendeine Erbschaft antrete, sehe ich mir die Klauseln im Vertrag genau an – und auch das Haus selbst. Wer weiß, welche Leichen dort im Keller begraben sind.«

Helmholtz-Zentrum Potsdam, Institut für Erdbeben- und Vulkanphysik

Samstag, 30. Juni, 10:00 Uhr

Lena starrte auf den Bildschirm vor ihr. Sie klickte sich durch die Nachrichten, wählte die verschiedenen Artikel aus Politik, Chronik und Sport aus, ohne auch nur einen einzigen Satz zu lesen. Ihre Gedanken waren woanders, so wie die meiste Zeit in den vergangenen Tagen. Immer wieder erblickte sie die gleichen Bilder, dieselben Momente, die sich in ihrer Netzhaut eingebrannt hatten. Sie wollte Patricks Gesicht nicht sehen, nicht seinen Todesschrei hören, nicht den diffusen Gestank kochenden Fleisches in der Nase verspüren. Aber sie konnte es nicht ändern.

Das Telefon klingelte. Lena griff danach, automatisch, fast wie ferngesteuert, drückte den Hörer ans Ohr. »Ja?«

»Hallo Lena, hier ist Rolf. Wie geht es dir?«

»Hm.«

»Das habe ich befürchtet. Brauchst du jemanden zum Reden? Soll ich rüberkommen?«

»Nein, lass mal. Damit muss ich selbst fertig werden.«

Rolf zögerte. Er schien zu spüren, dass Lenas Aussage nicht der Wahrheit entsprach. »Da ist noch etwas. Hast du die globale, seismische Aktivität der letzten Tage verfolgt?«

»Nein.«

»Aber du hast sicher gehört, dass es weitere Vulkanausbrüche gegeben hat?«

»Ja. Peru, oder?«

»Auch in Japan. Ich habe das Gefühl, als wäre das kein Zufall. Noch kann ich es nicht mit Daten untermauern, aber mir gefällt die Entwicklung nicht.«

»Welche Entwicklung?«

»Das Verhalten der Erde. Die schlagartig erhöhte Erdbebentätigkeit. Und das weltweit. So etwas habe ich noch nie gesehen.«

»Hast du schon mit anderen darüber gesprochen?«

»Natürlich. Zum Beispiel mit Harald Müller aus München und Egon Svabik vom GEOMAR in Kiel. Sie teilen meine Bedenken, deshalb habe ich mich an Professor Anderson vom kalifornischen Erdbebenzentrum gewandt. Ihn kennst du ja. Er ist ebenfalls beunruhigt, um es vorsichtig auszudrücken. Im Yellowstone Nationalpark gibt es Anzeichen für einen Ausbruch. Ähnlich die Situation in Italien an den Phlegräischen Feldern. Und auf Neuseeland.«

Lena erfasste Unwohlsein. Vor ein paar Tagen hatte sie mit ihrer Mutter und danach mit ihrem Vater gesprochen. Josef hatte genau davon erzählt – dass der Teide erst der Anfang war und ein globales Vulkaninferno bevorstand. Lena hatte ihm nicht geglaubt und den Wunsch ihrer Eltern ausgeschlagen, zu ihnen nach Salzburg zu kommen. Aber was, wenn es sich nicht um die übliche Schwarzmalerei ihres Vaters handelte, was, wenn unter ihren Füßen tatsächlich etwas vorging, das eine ernstzunehmende Gefahr darstellte?

Lenas Mund war trocken, sie schluckte schwer. »Aber ... wie ist das möglich – hohe vulkanische Aktivität an so vielen Orten gleichzeitig?«

»Das weiß offenbar niemand. Alle arbeiten mit Hochdruck daran, dieses Rätsel zu lösen. Es wäre gut, wenn du dich auch einbringst.«

Lena rieb sich die Stirn. »Du hast recht. Ich muss vorwärts schauen, auch wenn ich mir nicht sicher bin, ob mir diese Zukunft gefällt.«

»So schlimm wird es schon nicht werden.«

»Das sagst du, nachdem du mir erzählt hast, dass das Ende der Welt bevorsteht?«

Rolf schwieg einige Sekunden. Lena bereute ihre letzten Worte, die nicht ernst gemeint waren. Oder etwa doch? Verbarg sich dahinter ein Gefühl, das sie am liebsten ignoriert hätte? Sie klang schon wie ihr Vater.

Rolfs nächste Bemerkung war nicht geeignet, die steigende Unruhe in ihrem Inneren zu besänftigen.

»Nicht das Ende der Welt.« Die Stimme des Seismologen klang heiser. »Aber vielleicht das Ende der Menschheit.«

Südtirol, Schlanders
Dienstag, 03. Juli, 07:00 Uhr

Emma flog. Mit ausgebreiteten Armen segelte sie durch ein Meer aus weißen Wattewölkchen. Ihr war leicht ums Herz, sie fühlte sich frei und voller Energie. Emma spürte, dass sie nicht allein war. Sie blickte auf – und da war er: Groß und majestätisch schwebte der Erzengel über ihr, mit silbernen Schwingen und den edlen Zügen eines Elfen.

Hallo Emma. Gabriel sah auf sie herab.

Hallo Gabriel. Emma war verwundert, dass der Engel direkt zu ihr sprach. Das hatte er noch nie getan.

Du musst aufbrechen. Gabriels Stimme war ohne besondere Betonung und dennoch erfüllt von grenzenloser Kraft.

Wohin aufbrechen?

An den Ort des Neubeginns.

Den Ort des Neubeginns? Was meinst du damit?

Du weißt, was ich meine. Etwas Altes muss beendet werden, damit etwas Neues entstehen kann. Begib dich an jene Stätte, die den Wandel vollziehen wird. Der Übergang ist nah, die Zeit wird knapp. Das Böse darf nicht überdauern. Du musst dafür sorgen, dass es nicht dazu kommt.

Ich verstehe dich nicht. Und wo ist der Ort, von dem du sprichst?

Du wirst es erfahren. Bevor das Alte zu Ende geht. Achte auf die Zeichen. Sie werden dir den Weg weisen. Folge ihnen, dann erfährst du dein Schicksal, deine Bestimmung.

Emma erwachte. Es geschah unvermittelt, als hätte sie schlagartig von einem intensiven Traum in das Hellwachsein gewechselt.

Falsch, dachte Emma. *Das war kein Traum.*

Noch nie hatte sie Gabriels Präsenz so deutlich wahrgenommen wie jetzt. Sie spürte ihn, als würde er leibhaftig neben ihr stehen. Scheu wandte sie den Blick, sah sich nach allen Seiten um. Doch sie war allein.

Achte auf die Zeichen. Das waren Gabriels Worte gewesen. Aber welche Zeichen meinte er? Emma erhob sich, marschierte ins Bad und putzte sich die Zähne. Gedankenverloren brühte sie sich Kaffee auf und griff nach der Zeitung. Sie überflog die Schlagzeilen, aber wie immer handelte es sich bloß um negative Nachrichten, Katastrophen und düstere Zukunftsprognosen; nichts, was sie lesen wollte.

Emma griff nach der Kaffeetasse, führte sie zum Mund – doch sie war ungeschickt und der Becher bis zum Rand gefüllt. Ein Schwall der heißen Flüssigkeit schwappte aus der Schale und auf die Zeitung am Tisch. Emma murmelte ein paar unschöne Worte, stellte die Tasse ab und holte ein Küchentuch, um die Sauerei wegzuwischen. Dabei fiel ihr Blick auf die Zeitung.

Der Kaffee hatte sich auf dem Papier verteilt und es dunkelbraun verfärbt. Aber nicht die gesamte Seite war der Flüssigkeit zum Opfer gefallen. Emma erkannte, dass es einige helle, unberührte Flecken gab, winzig, aber nicht zu übersehen.

Es gibt keine Zufälle, dachte sie und sah genauer hin. Die Brühe hatte ein paar Wörter ausgelassen. Fast so, als wäre das beabsichtigt.

Emma schluckte, als sie erkannte, worum es sich handelte. Was sie vor sich sah, war ein Zeichen, eine machtvolle Botschaft; genau das, wovon Gabriel gesprochen hatte. Die klar erkennbaren Wörter waren: *Saalfelden*, *Salzburg*, *Einöde* – und dann gab es eine Zahl, die nicht hinter dem braunen Kaffeeschleier verschwunden war: *zwölf*.

Saalfelden
Mittwoch, 04. Juli, 08:00 Uhr

»Wie viele Wasserkanister stehen in der Abstellkammer?«
Josef blickte von seinen Notizen auf, warf Trude einen
Blick zu.

»Fünf mal zehn Liter.«

»Das heißt, wenn unsere Quelle versiegt und der Nie-
derschlag verschmutzt ist, haben wir Reserven für einen
Monat.«

»Nur, wenn wir zu zweit bleiben«, murmelte Trude.

»Du glaubst noch immer, dass Lena es sich anders
überlegt?«

»Sie wird kommen. Ich weiß es.«

Josef verzichtete auf einen gegenteiligen Kommentar.
Lenas Aussage war eindeutig gewesen. *Du spinnst, Papa.*
Sie war ihm über den Mund gefahren, mehrmals. Josef
hatte es trotzdem gespürt – dass sie wusste, dass er die
Wahrheit sprach. Aber sie konnte es nicht zugeben, niemals, solange, bis es zu spät war. Josef ahnte, wie schwie-
rig es sein mochte, von Potsdam hierher nach Salzburg zu
gelangen, wenn die öffentliche Ordnung zusammenbrach.
Und das würde sie, eher früher als später.

»Fünfzehn Kilo Salz, zehn Liter Speiseöl, dreihundert
Dosenkonserven.« Josef tippte sich mit dem Stift an die
Lippen und betrachtete Igor, der sich auf seiner Felldecke
rekelte. »Wir brauchen mehr Heizöl. Ich mag das Zeug
zwar nicht, aber wenn die Sonne tagelang nicht scheint
und die Windturbinen vereisen, bleibt nur die Erdwärme.

Die war schon in letzter Zeit anfällig für technische Gebrechen. Das ist mir zu riskant.«

»Wie sieht es mit Toilettenpapier aus?«

»Toilettenpapier, Moment.« Josef blätterte zurück. »Zweihundert Rollen. Aber das ist wirklich nicht so wichtig.«

»Nicht so wichtig? Na hör mal! Wenn ich nicht mal ordentliche Intimhygiene durchführen kann, dann … weiß ich nicht, ob ich mich noch als Mensch fühle.«

Josef zuckte die Schultern. »Wie du meinst. Früher oder später muss aber eine andere Lösung her. Papier wird es nicht ewig geben. Was wir auf alle Fälle noch brauchen, sind Getreide, Erdäpfel und Haltbarmilch.«

»Nüsse und Trockenobst sind genug da.«

»Ja, Dörrfleisch und Räucherfisch auch. Da können wir ein halbes Jahr lang jeden Tag einen Festschmaus genießen. Hundefutter haben wir ebenfalls reichlich.«

»Was ist mit den Hühnern?«

»Stimmt. Futtersäcke stehen noch nicht auf der Liste.«

Sie schwiegen eine Weile.

»Glaubst du wirklich, es wird so schlimm?« Trude warf ihrem Mann einen Blick zu.

Josef sah, was in ihren Augen stand. Es war etwas, das er in den vergangenen Tagen öfter an ihr bemerkt hatte – eine Mischung aus leiser Furcht, verhaltener Trauer und stiller Hoffnung, die sich als schwacher Glanz in ihrem Blick offenbarte. Josef wünschte sich wie seine Frau, dass Lena nach Hause kam, dass sie wieder eine Familie sein konnten. Aber sein Gefühl sagte ihm, dass das nicht geschehen würde.

»Ich fürchte, es wird schlimm«, erwiderte Josef. »Schlimmer als alles, was wir bislang erlebt haben. Die kommenden Wetterkapriolen bereiten mir weniger Sorgen als die Menschen um uns herum.«

»Ich weiß.« Trude setzte sich neben ihren Mann und nahm seine Hand. »Bei dem, was du erlebt hast, ist das kein Wunder. Aber ich bin davon überzeugt, dass die Menschen eine Basis an Nächstenliebe und Kultiviertheit bewahren, egal wie schlimm es kommt.«

»Die Geschichte spricht eine andere Sprache.«

»Das waren andere Zeiten. Wir sind aufgeklärter, die Menschheit hat einen Reifungsprozess durchlaufen. Unsere Freunde bleiben unsere Freunde, selbst wenn alles auseinanderbricht und nichts mehr so ist, wie es war. Da können weder Hunger noch Kälte etwas daran ändern.«

Arme Trude, dachte Josef. *Vielleicht glaubst du deine Worte wirklich. Aber ich weiß, dass du dich irrst. Alle irren sich.*

Helmholtz-Zentrum Potsdam, Institut für Erdbeben- und Vulkanphysik
Donnerstag, 05. Juli, 15:00 Uhr

Lena rieb sich die müden Augen und nippte an ihrem Kaffee. In den vergangenen fünf Tagen hatte sie kaum zwanzig Stunden geschlafen. Seit dem Wochenende war sie fast durchgehend mit Recherchen beschäftigt, hatte Telefonate geführt, Daten ausgewertet, mit Rolf diskutiert und versucht, Licht in das vulkanische Mysterium zu bringen. Ohne Erfolg. Das Einzige, worüber sie sich mittlerweile im Klaren war, schürte bloß ihre Unruhe: Was auch immer unter der zehn Kilometer dicken Kruste des Planeten vorging, es war weder normal, noch konnte es etwas Gutes bedeuten.

Lena fragte sich, was Patrick getan hätte. Ihr Kollege war kein Genie gewesen, aber er besaß ein außergewöhnliches Durchhaltevermögen und einen kreativen Geist. Ob ihm inzwischen eine Erklärung eingefallen wäre? Doch Lenas Überlegungen waren überflüssig. Patrick konnte keine Lösungen mehr finden. Patrick war tot – tot, weil sie, Lena, nicht auf Rolfs Warnung gehört hatte.

Lena ballte die linke Hand zu Faust und erhob sich; nein, sie sprang von ihrem Stuhl und hetzte durch das Büro wie eine gefangene Tigerin. Sie musste aufhören, an Patrick zu denken. Sie musste ihre Gedanken fokussieren, auch wenn sie so müde war, dass sie augenblicklich einschlafen könnte. Sie erinnerte sich daran, was Rolf gesagt hatte. Sie sollte überprüfen, wie viel Wahrheit seine Aussage enthielt. Ob er recht hatte. Ob ihr Vater recht hatte.

Das schlechte Gewissen regte sich. Lena war nicht nett zu ihrem Vater gewesen, als er sie gestern angerufen hatte. Zwar hatte sie ihn nicht angeschrien, wie es am Wochenende geschehen war, aber sie hatte ihrer Meinung mit sehr klaren Worten Ausdruck verliehen.

Josef glaubte an die nächste Eiszeit. Gut. Er glaubte, dass sie demnächst über den Planeten hereinbrechen musste. Auch gut. Und er hatte ein weiteres Mal betont, dass der Ausbruch des Teide nur der Anfang war und es bald zu einem vulkanischen Winter kommen würde, wie ihn die Menschheit noch nie erlebt hatte.

Schwachsinn. Zumindest theoretisch. Um ein solches Szenario Realität werden zu lassen, musste sich einer der Supervulkane der Erde in einer massiven Eruption entladen, und das war in den nächsten Jahrhunderten oder gar Jahrtausenden unwahrscheinlich. Wenigstens war es das bis vor einigen Wochen gewesen.

Lena dachte an Rolfs Worte, an ihre eigenen Überlegungen. Sie erinnerte sich an den gestrigen Vulkanausbruch auf Java und die Eruption in Alaska am Wochenende. Es konnte sich nicht um Zufälle handeln. Unmöglich.

Lenas Motivation und Arbeitseifer kehrten zurück. Sie verbannte sämtliche überflüssigen Gedanken aus ihrem Bewusstsein und setzte sich an ihren Computer.

Es wurde Nachmittag, ohne dass sie eine Pause einlegte. Es wurde Abend, sie verpasste ein Meeting und eine Vorlesung; aber das war ihr gleichgültig. Nach und nach war ihr alles egal. Das Einzige, das zählte, war der Bildschirm vor ihr – und die abgebildeten Daten, die harmlos wirkten, doch gleichzeitig eine Botschaft transportierten, die Lena den Schweiß auf die Stirn trieb.

Unmöglich, dachte sie wieder und wieder. *Das kann nicht sein.*

München, Flughafen
Donnerstag, 05. Juli, 16:00 Uhr

Er hieß Jack. *Jack Smith*, so lautete der Name in seinem Pass. Er war US-amerikanischer Staatsbürger mit mexikanischen Wurzeln, Marketingexperte und Spieleproduzent, ledig, Brillenträger, hatte eine auffällige Narbe an der Wange.

Freilich war das gelogen. Selbst das Wundmal war bloß aufgeklebt. Er stammte weder aus den USA, noch war er Marketingguru und hieß schon gar nicht Jack. Nicht einmal seine besten Freunde – wenn er solche hätte – kannten seinen Namen. Auch er selbst musste hin und wieder überlegen, in welcher Rolle er sich befand und wie er hieß. Da war es nicht überraschend, dass ihm seine verschiedenen Identitäten manchmal realer erschienen als sein richtiger Name.

Neben ihm stand Simon. *Simon Butcher*, hieß es in dem Pass seines Kollegen. Er war Softwareentwickler aus Oregon. Verheiratet, zwei Kinder, ein Faible für Baseball und angeln. Natürlich auch das lauter Lügen. Jack kannte Simons echten Namen nicht. Aber er hatte bereits mit ihm zusammengearbeitet. Der blonde und blauäugige Hüne war ihm als unkomplizierter, schweigsamer Kollege in Erinnerung geblieben.

Sie waren gemeinsam angeheuert worden. Jack wusste, dass er nicht der Beste war. Zwar gehörte er zu jener Liga aus Elitesoldaten, die weltweit engagiert wurden, aber es gab einige, die besser und erfahrener waren als er. Doch da er eine genaue Vorstellung davon hatte, wo sein Platz war und er die eigenen Potenziale und Schwächen gut einschätzen konnte, wusste er auch, welche Aufträge für ihn geeignet und welche eine Nummer zu groß waren. Auf diese Weise hatte er sich eine internationale Reputation erarbeitet und den Ruf von Effektivität sowie Verlässlichkeit erworben.

Der aktuelle Auftrag war ihm sofort ins Auge gestochen: simpel, aber nicht dilettantisch, radikal, aber nicht fanatisch, gefährlich, aber kein Himmelfahrtskommando; und hervorragend bezahlt. Dass die Mission länger dauern mochte als ein durchschnittlicher Einsatz, störte ihn nicht. Österreich war eines jener Länder, in denen man sich auch nach Wochen noch wohlfühlte.

Sie traten in die Ankunftshalle hinaus. Ein junger Mann – vermutlich Anfänger, wie man an seiner unpassenden Sonnenbrille und der schlampig gebundenen Krawatte erkannte – hielt ein Schild hoch: *Butcher & Smith.*

Jack grinste innerlich. *Fleischer* und *Schmied,* hießen ihre beiden Namen ins Deutsche übersetzt. Deutsch war eine von vier Sprachen, die er ausgezeichnet beherrschte und nahezu ohne Akzent sprechen konnte. Als Schmied hatte er sich in seiner Jugend tatsächlich einmal versucht. Gewissermaßen war er noch immer in dem Gewerbe tätig – wenn man ein wenig Fantasie besaß.

»Guten Morgen«, sagte Jack und schüttelte dem jungen Mann die Hand. »Ich bin der Schmied.«

»Und ich der Fleischer.« Simon grinste breit.

Der junge Mann ließ sich nicht verunsichern. »Günter. Günter Strahlenberg. Herzlich willkommen in München.

Hören Sie auf zu grinsen und setzen Sie Ihre Sonnenbrillen auf. Wir müssen an einigen Überwachungskameras vorbei. Wenn Sie mir bitten folgen wollen. Es steht ein Wagen bereit.«

Doch kein Anfänger, dachte Jack und folgte den beiden anderen zum Ausgang des Flughafens.

Helmholtz-Zentrum Potsdam, Institut für Erdbeben- und Vulkanphysik
Donnerstag, 05. Juli, 21:00 Uhr

»Sieh dir das hier an.« Rolf trat in Lenas Büro und hievte seinen Laptop auf die Tischplatte.

»Was ist das?« Lena betrachtete die Darstellung am Bildschirm.

»Yellowstone. Links der Verlauf des Tremors, rechts die Anhebung der Caldera. In beiden Fällen sind die letzten fünf Wochen dargestellt.«

Lena kniff die Augen zusammen. »Woher hast du die Daten?«

»Von Professor Anderson. Sie sind streng vertraulich, die nationale Sicherheitsbehörde hat sie beschlagnahmt. Aber sie bestätigen genau das, was du vermutet hast.«

»Das Erdmagnetfeld?«

»Richtig. Der Anstieg des Tremors und die Aufwölbung des Bodens erfolgen fast exponentiell und laufen parallel zur Intensivierung der elektromagnetischen Knotenpunkte. Obendrein bestätigen die Daten der Geophone das Vorhandensein eines mächtigen Magmakörpers – der vor wenigen Monaten noch unauffällig war.«

»Verrückt«, murmelte Lena. »Einfach nur verrückt.«

Rolf holte tief Luft. »Wir werden das erklären müssen, ausführlich erklären. Was das Erdmagnetfeld mit der steigenden Vulkanaktivität zu tun hat.«

»Das wissen wir doch selbst nicht.«

»Nein, aber inzwischen kennen wir den Zusammenhang. Seit einigen Monaten verändern sich die elektromagnetischen Feldlinien der Erde, unscheinbar zunächst, aber in jüngster Zeit immer rascher. Sie bilden Knotenpunkte aus – unterhalb seismisch und vulkanisch besonders aktiver Gebiete. Mit den Daten von Anderson haben wir die Bestätigung, dass sich nicht nur unter Neapel ein Knotenpunkt gebildet hat. In Yellowstone ist es genauso.«

»Und bei den anderen Hotspots vermutlich auch«, murmelte Lena.

»Exakt. Inzwischen haben wir Rückmeldungen aus Neuseeland, Italien und Chile. Es sieht danach aus, als gebe es das gleiche Phänomen unter mehreren Vulkanen, davon wenigstens drei Supervulkane – und das zeitgleich.«

Lena schluckte schwer. »Wir sollten uns mit den Kollegen im In- und Ausland abstimmen, damit wir eine einheitliche Linie für die Behörden und den Katastrophenschutz finden.«

»Ganz meine Meinung. Unsere Erkenntnisse müssen an die Öffentlichkeit. Wenn wir uns nicht irren – und bei Gott, ich wünsche mir, dass wir es tun – könnte sich die

Lage zur schlimmsten Bedrohung der Menschheit aus-
wachsen, die es je gegeben hat.«

»Falls wir eine Warnung ausgeben, die garantiert hohe
Wellen schlagen wird ... welche Lösungen haben wir parat?«

Rolfs Züge glichen einer starren Maske. »Gar keine.
Der Ausbruch eines Supervulkans ist etwas, das all unser
Wissen, all unsere Fähigkeiten übersteigt. Wir können
nur dafür sorgen, dass sich die Bevölkerung bestmöglich
auf die Katastrophe vorbereitet. Und beten.«

Südtirol, Meran
Freitag, 06. Juli, 04:30 Uhr

Emma brach mit dem Morgengrauen auf. Bereits am
Abend hatte sie ihren Rucksack gepackt, alle Pflanzen ge-
gossen, staubgesaugt und den Müll entsorgt. In der Nacht
war sie kaum zu Schlaf gekommen, aber das bekümmerte
sie nicht. Sie war in der Früh voller Elan und Tatendrang
aufgestanden, hatte sich so fit gefühlt wie selten zuvor.
Das war definitiv ein gutes Zeichen und ein deutlicher
Hinweis darauf, dass sie das Richtige tat.

Saalfelden am Steinernen Meer – dies war das Ziel ihrer Reise. Emma hatte Gabriels Botschaft analysiert und
war zu dem Schluss gekommen, dass sie in die Salzburger
Kleinstadt fahren musste. Es gab dort sogar einen Stadt-
teil namens Einöde; genauso, wie eine Hausnummer
zwölf.

Emma spürte ein Kribbeln im Nacken, das langsam ihren Rücken hinabwanderte. Niemals zuvor hatte sie eindeutigere Zeichen erfahren. Es musste eine bedeutende Aufgabe sein, die ihr Gabriel zugeteilt hatte. Was mochte sie in Saalfelden erwarten? Wieso handelte es sich um einen Ort des Neubeginns? Und was wollte Gabriel mit seiner Anspielung auf das sogenannte *Böse* andeuten, dessen Überdauern Emma verhindern sollte?

Sie wusste nicht, wovon ihr Engel gesprochen hatte, aber sie fand den Gedanken spannend und erregend, ein Ziel vor sich zu haben und zu wissen, dass sie mit einer wichtigen Aufgabe betraut worden war. Einmal mehr dankte sie Gabriel, dass er sich für sie einsetzte, sie behütete, beschützte und immer für sie da war.

Doch das stimmte gar nicht. Unwillkürlich drangen Erinnerungen in Emmas Geist, unschöne Erinnerungen. Eine schwankende Seilbahnkabine. Die Hilferufe eines kleinen Mädchens. Kälte, Durst, das Heulen des Sturms. Eine mörderische Enttäuschung, die ihr Leben verändert hatte.

Emma schüttelte den Kopf und wischte ihr Unbehagen beiseite. Sie hatte überlebt, oder etwa nicht? Sie musste ihre Gedanken vorwärts richten, auf den Neubeginn, denn der Zeitenwandel war nah. Vorhin hatte sie in den Nachrichten gehört, dass der baldige Ausbruch eines Vulkans vermutet wurde; ein Vulkan, der das Klima des ganzen Planeten beeinflussen konnte.

Emma fürchtete sich nicht. Ihr Herz klopfte entschlossen und furchtlos, war in erwartungsvoller Vorfreude auf das, was kommen würde. Vielleicht war Gabriel nicht immer zur Stelle gewesen, wenn sie ihn gebraucht hätte, aber jetzt war er da. Er saß neben ihr am Beifahrersitz, flog über dem Fahrzeug dahin, wies ihr den Weg – den Pfad ihres Schicksals, ihrer Bestimmung.

Emma drehte das Lenkrad zwischen ihren Händen, summte *I'm a Believer* von den Monkees und dachte, dass das Leben viel zu schön war, um es nicht vollends auszukosten.

Hamburg, Wandsbek, Bramfeld
Freitag, 06. Juli, 08:00 Uhr

»Es geht looos!«, rief Sandra und trommelte begeistert auf das Armaturenbrett.

Lorenz lächelte und startete den Motor des Wagens. »Genau. Endlich mal nur wir beide.«

Sandra beugte sich zu ihrem Freund und küsste ihn. Sie spürte, wie sich ihre Ohren erwärmten und rot färbten, aber das bekümmerte sie nicht.

»Das wird eine schöne Zeit«, flüsterte sie.

»Will ich hoffen.« Lorenz legte den Rückwärtsgang ein, verließ den Parkplatz und reihte sich in den Freitagmorgenverkehr ein. »Ich zahle schließlich den ganzen Spaß.«

Sofort regte sich Sandras schlechtes Gewissen. »Ich habe dir mehrmals angeboten ...«

»Natürlich, Schatz.« Lorenz grinste. »Das war ein Scherz.«

Sandra verzog die Lippen zu einem Schmollmund. »Das ist nicht lustig.«

»Ich finde schon.«

»Toll, dass du das findest.«

»Genau.«

Für einen Moment wallte unbestimmter Ärger in Sandra auf. Dazu ein Gefühl, das sie sich nicht erklären und noch schlechter beschreiben konnte, eine Mischung aus Unsicherheit, Misstrauen und leiser Furcht.

Sandra schüttelte verwirrt den Kopf und die Empfindung verschwand. Manchmal fragte sie sich, was in ihrem Inneren vorging. Womöglich hatte sie in der Nacht wieder einen Albtraum durchstehen müssen, an den sie sich zwar nicht mehr erinnern konnte, aber der noch immer den einen oder anderen giftigen Fangarm in die Realität gleiten ließ.

»Wie bist du eigentlich auf dieses Hotel gekommen?« Sandra zwirbelte eine Haarsträhne um ihren Finger. »Ist ja nicht gleich um die Ecke.«

Aus den Augenwinkeln meinte sie etwas auf Lorenz' Zügen zu erkennen, einen Anflug von schlechtem Gewissen. Aber als sie genauer hinsah, war nichts dergleichen zu entdecken.

»Hab's zufällig in der Zeitung gelesen«, erwiderte Lorenz. »Die Bilder des Hotels haben mir gefallen.«

»Ja, aber die Unterkunft ist weit ab vom Schuss. Nichts zum Fortgehen oder so, nur Ruhe, Wald und Einsamkeit.«

»Das stimmt. Aber ich dachte mir, Party und Spaß in der Gruppe, das können wir in Hamburg zur Genüge haben. Dagegen ist ein abgelegenes Hotel etwas Besonderes. Außerdem hat sich mir der Satz eingeprägt, der unter den

Bildern gestanden ist: *Ein wildromantischer Traumurlaub für Jungverliebte*. Da musste ich zuschlagen.«

»Wildromantisch. Das klingt nach Abenteuer.«

Lorenz zwinkerte ihr zu. »Genau. Bettabenteuer.«

Wien, Hernals
Freitag, 06. Juli, 09:00 Uhr

»Wie lange wirst du fort sein?«

Ferdinand zuckte die Schultern. »Der Kunde hat gemeint, es könnte zwei, drei Tage dauern, weil er mir alle Details der Anlage zeigen will und seine Vorstellungen unterbringen möchte. Ich schätze, ich bin Montagabend wieder da.«

Lydia warf ihrem Bruder ein mildes Lächeln zu. »Ich finde es gut, dass du diesen Auftrag angenommen hast und nach Salzburg fährst.«

»Wieso?«

»Weil es bedeutet, dass du deine Arbeit wieder mit Freude und Begeisterung ausübst. Ich denke, das war genau das, was dir gefehlt hat.«

»Julius sieht es genauso. Mittlerweile glaube ich ihm. Ich hätte nicht gedacht, dass mein Job so viel bewirken kann, dass die Gespräche mit Julius derart hilfreich sind. Aber das alles wäre ohne dich nutzlos geblieben. Ich danke dir für deine Hilfe und Unterstützung. Wärst du nicht gewesen, hätte ich mich vielleicht nie aus meinem seelischen Tief befreien können.«

Lydia trat auf Ferdinand zu und umarmte ihn. »Du bist mein Bruder. Das war selbstverständlich.«

»Trotzdem. Es gibt genug Familien, deren Bande weniger gefestigt oder sogar zerrissen sind. Also danke nochmal.«

»Pass auf dich auf.« Lydia drückte Ferdinand ein zweites Mal. »Die Sache mit den Vulkanausbrüchen gefällt mir nicht. Ich habe gestern eine Reportage gesehen, in der sie die Auswirkungen ...«

»Mach dir keinen Kopf.« Ferdinand küsste seine Schwester auf die Stirn. »Wenn etwas Ungewöhnliches geschieht, breche ich sofort auf und bin in ein paar Stunden wieder in Wien.«

»Na schön. Dann gute Reise.«

Ferdinand griff nach seinem Autoschlüssel und trat zur Tür. »Bis Montag. Lass Samuel auf keinen Fall mit Cookie allein, sonst versucht er noch dem Hund beizubringen, durch einen brennenden Reifen zu springen.«

»Keine Sorge, das kann nicht passieren.« Lydia lächelte. »Sobald irgendwo eine Flamme züngelt, ist Cookie eine Rauchwolke.«

Bayern, Straubing, Polizeipräsidium Niederbayern
Freitag, 06. Juli, 10:30 Uhr

»Ich bin so weit.« Mathias stand in der Tür. Über der Schulter trug er einen Rucksack, der mindestens achtzig Liter fassen musste.

»Ich noch nicht.« Bernhard schrieb ungerührt an seiner E-Mail weiter.

»Wollten wir nicht um zehn Uhr aufbrechen?«

»Ja, aber der Notar hat mich heute Morgen angerufen und den Termin eine Stunde nach hinten verschoben.«

»Ach ja? Wieso erfahre ich erst jetzt davon?«

»Weil du normalerweise immer zu spät dran bist. Es ist halb elf.« Bernhard grinste seinem Vorgesetzten ins Gesicht. »Oder irre ich mich?«

Mathias verzog keine Miene. »Kann sein. Wie lange brauchst du noch?«

»Ein paar Minuten.«

»Dann warte ich hier.«

Bernhard musterte Mathias' scharf geschnittene Gesichtszüge. »Mich wundert es noch immer, dass du mitfahren willst.«

»Gottfried war ein guter Freund von mir. Er hat mir nie von seinem Haus in Salzburg erzählt. Das muss ich mir ansehen. Davon abgesehen – falls du es nicht willst und es so beeindruckend ist, wie ich bei Gottfrieds Geschmack annehme, kaufe ich es dir vielleicht ab.«

»Du möchtest ein Haus kaufen?« Bernhard lachte leise. »Wozu denn?«

»Als Feriendomizil.«

»Was ist mit deiner Finca in Andalusien?«

»Ein zweites Feriendomizil.«

»Schon klar. Aber es ist deine Sache. Ich kann nur nicht versprechen, dass das Haus zum Verkauf steht, wenn ich das Erbe nicht antrete.«

»In diesem Fall wird sich eine Lösung finden.«

Bernhard zog die Augenbrauen hoch, erwiderte aber nichts. Er tippte die letzten Wörter seiner E-Mail, drückte auf Senden und fuhr den Rechner hinunter.

»Fertig.« Bernhard wandte sich Julia zu, die ihn erwartungsvoll musterte. »Montag bin ich wieder da. Wenn es etwas Dringendes gibt, kannst du mich am Handy erreichen.«

»Passt. Gute Fahrt, Bernhard.«

»Danke. Dir ein schönes Wochenende.«

»Dir auch.«

Bernhard und Mathias traten vor die Tür. Der Polizeivizepräsident warf dem Kommissar einen belustigten Blick zu.

»Sie mag dich«, verkündete er.

»So?«

»Ja. Ich möchte sogar sagen, sie verehrt dich ein bisschen.«

»Blödsinn.«

»Nein. Ich weiß, dein mangelndes Einfühlungsvermögen lässt dich in solchen Dingen blind sein, aber es stimmt. Sie bewundert dich.«

Bernhard starrte auf den Fußboden. Er wusste, dass seine empathischen Fähigkeiten unterdurchschnittlich waren. So war es schon immer gewesen. Dennoch. Julia war dreißig Jahre jünger als er, weshalb sollte sie ihn verehren? Bernhard hielt sich weder für attraktiv noch für einen spannenden Gesprächspartner. Mathias' Annahme klang in seinen Ohren etwas merkwürdig.

»Ich sehe keinen Grund, weshalb sie mich anhimmeln sollte.«

»In ihren Augen bist du ein Held.«

»Blödsinn.«

»Du kannst mir ruhig glauben. Viele Kolleginnen und Kollegen sehen dich als einen Menschen, zu dem man ehrfürchtig aufblickt.«

»Die Leute sollten sich besser einen richtigen Helden suchen. Superman zum Beispiel.«

»Mach dich nicht darüber lustig. Du hast einen der schlimmsten Gewaltverbrecher der letzten Jahrzehnte eliminiert.«

»Ich hatte tatkräftige Hilfe. Von Ferdinand, Emma, von meiner Tochter. Und von Anna.«

»Anna ist tot.«

Bernhard blickte nicht auf, konzentrierte sich auf den zarten, warmen Hauch im Nacken. »Freilich. Freilich ist sie tot.«

München, Untergiesing-Harlaching
Freitag, 06. Juli, 12:15 Uhr

»Hast du meine Müsliriegel eingepackt?«

Raphael verdrehte die Augen. »Das fragst du mich zum dritten Mal. Du tust ja fast so, als würden wir im Hotel nichts zu essen bekommen.«

»Hast du sie eingepackt?« Sonja tippte mit den Fingern auf die Tischplatte.

»Natürlich.«

»Gut. Jetzt darfst du mich ins Auto tragen, weil ich bin so vollgefressen, dass ich keine fünf Schritte mehr gehen kann.«

Raphael stemmte die Hände in die Hüften und warf seiner Frau einen strengen Blick zu. »Ich habe dich zweimal gefragt, ob du nicht schon genug Spaghetti hattest.«

»Was glaubst du, wieso ich weitergegessen habe?« Auf Sonjas Zügen erschien ein Grinsen.

»In diesem Fall kann ich nur sagen: selbst schuld. Ich bin fertig und möchte losfahren.«

»Wenn's sein muss.« Mit einem übertriebenen Ächzen und Stöhnen erhob sich Sonja und wankte auf die Tür zu. Beide Hände ruhten auf ihrem beeindruckenden Bauchumfang.

Raphael betrachtete sie argwöhnisch. »Sind wir uns sicher, dass es keine Zwillinge werden? Langsam glaube ich, die Ärzte haben da etwas übersehen.«

»Ach was«, schnaufte Sonja. »Sophie hat sich eben prächtig entwickelt. Und das ist gut so, weil das heißt, sie kommt früher. Ich bin es leid, alle zehn Minuten auf die Toilette zu rennen.«

»Hoffentlich bekommst du die Wehen nicht schon im Urlaub.«

»Bis zum Termin sind es noch mehr als vier Wochen. So schnell geht es auch wieder nicht.«

»Wenn du meinst.« Raphael schulterte seinen Rucksack und zog den Koffer zur Wohnungstür. »Ich bin froh, dass wir noch einmal wegfahren, bevor es mit dem Wirbel und Stress losgeht.«

Sonja lächelte. »Der Wirbel wird sich nicht vermeiden lassen. Aber den Stress macht man sich selbst, das solltest du wissen.«

»Natürlich, eure Hoheit. Wie konnte mir das entfallen.«

»Schön. Und jetzt bring' meinen Koffer nach unten, ich muss noch mal zurück.«

Sonja wandte sich um und marschierte ins Badezimmer.

»Wohin des Weges, euer Gnaden?«

»Dummkopf. Aufs Klo natürlich.«

Saalfelden, Waldhütte bei Einöde zwölf
Freitag, 06. Juli, 12:30 Uhr

»Könnte ungemütlicher sein.« Jack stellte seine Reisetasche am Boden ab und sah sich um. Die Holzhütte besaß einen kleinen Vorbau, der als Eingangsbereich diente, bestand im Übrigen aber nur aus einem einzigen Zimmer von etwa dreißig Quadratmetern. Der verfügbare Platz war geschickt aufgeteilt. Zwei spartanische Betten waren ebenso vorhanden wie eine Kochnische, ein Sofa, ein Tisch mit zwei Stühlen und ein Holzofen. Daneben gab es eine Dusche, Regale mit Essenskonserven – und Strom, wie man an dem leise summenden Kühlschrank erraten konnte.

»Ich denke, Sie finden sich zurecht«, sagte Günter, der in der Tür stehengeblieben war. »Hier sind Ihre abschließenden Unterlagen.« Er reichte Simon und Jack einen verschlossenen Briefumschlag. »Wir werden uns nicht mehr wiedersehen, daher wünsche ich Ihnen einen angenehmen Aufenthalt.«

Günter wandte sich um, trat zu seinem Wagen und fuhr den schmalen Waldweg zurück, den sie gekommen waren.

Jack öffnete den Umschlag. Neben der versprochenen zweiten Anzahlung befanden sich darin detaillierte Informationen ihres Auftrags. So waren die Richtlinien zur Vorgehensweise ebenso beschrieben, wie der zeitliche Ablauf des Einsatzes. Die Mission war radikaler, als Jack angenommen hatte, ziemlich radikal sogar. Außerdem stieg das Risiko sprunghaft an, sollte sich der Einsatz über mehr als einen Tag erstrecken – was nicht auszuschließen war. Andererseits stellte die Erfüllung der Anweisungen kein Problem dar, und das war letztlich die Hauptsache.

»Handyempfang gibt es hier mal nicht«, murrte Simon und steckte sein Smartphone in die Hosentasche. »Das wird eine lange Nacht.«

»Ich habe Karten dabei«, erwiderte Jack. »Ein bisschen Oldschool, aber schließlich ist das der ganze Auftrag.«

»Oldschool?« Simon seufzte und ließ sich auf das Sofa fallen. »Das hier ist 'ne Bruchbude. Wenigstens passt die Bezahlung. Wo sind die Waffen?«

Jack überflog das Schreiben ihres Auftraggebers. »In der Truhe dort hinten. Die Kombination des Vorhängeschlosses ist fünf, acht, sieben, drei.«

Simon erhob sich und machte sich an dem Verschluss zu schaffen. Das Schloss sprang auf und der Söldner zog den Deckel der Truhe hoch.

»Nicht schlecht«, kommentierte er. »Zwei MSG90 mit Zielfernrohr und genug Munition, um eine halbe Kompanie umzunieten. Passende Schalldämpfer dazu. Eine P99, eine Browning, Jagdmesser, Nachtsichtgeräte, Bewegungsmelder, Schaufel, Säge ...«

Simon runzelte die Stirn und winkte seinem Partner. »Das musst du dir ansehen.«

Jack warf einen Blick in die Truhe, auf das, was ganz unten in der Kiste lag. Die zwei Handgranaten verwunderten ihn nicht besonders, auch nicht die Steinschleuder, die etwas Rustikales und Authentisches hatte und angesichts ihrer Umgebung stilgerecht wirkte. Was Jack jedoch verunsicherte, war der Gegenstand daneben, der so gar nicht in dieses Portfolio an Waffen und hilfreicher Ausrüstung passen wollte.

Es war ein Buch. Eine historische Ausgabe des Märchens von Hänsel und Gretel. Nur dass die beiden Namen übermalt worden waren. Statt *Hänsel und Gretel* stand dort: *Simon und Jack*.

Helmholtz-Zentrum Potsdam
Freitag, 06. Juli, 12:30 Uhr

Lena konnte ein Gähnen nicht unterdrücken, als sie aus ihrem Wagen stieg und sich dem Eingang des Forschungszentrums näherte. Sie hatte bis fünf Uhr in der Früh gearbeitet und erneut nur wenige Stunden Schlaf gefunden. Schlaf war etwas, das momentan eine geringe Priorität hatte. Genauso wie die Einnahme von Mahlzeiten. Lena wusste nicht, wann und was sie zuletzt gegessen hatte. Aber es war auch egal. Solange ihr Körper und Geist funktionierten, gab sie sich nicht mit derartigen Nebensächlichkeiten ab.

Heute war der Tag, der alles verändern würde. Alles. In wenigen Stunden musste die Welt erfahren, was vor sich ging, weshalb die Erde nicht zur Ruhe kam. Sobald das geschah, war es vorbei; die Welt, wie Lena sie kannte. Aber das machte ihr keine Angst, nicht mehr. In den vergangenen Tagen hatte sie so oft an die kommenden Umwälzungen gedacht, dass sie die Folgen und Auswirkungen nicht mehr bekümmerten.

Am Eingang des Forschungszentrums wurde sie von Rolf und Kollegen aus München und Kiel begrüßt. In ihrer Begleitung befanden sich zahlreiche bedeutende Persönlichkeiten, darunter der Präsident des Bundesamtes für Bevölkerungsschutz und Katastrophenhilfe, der Leiter des Deutschen Feuerwehrverbands und zwei Generalleutnants der Bundeswehr. Lena empfand weder Scheu noch Hochachtung. In wenigen Monaten, vielleicht Wochen, hatten all diese Menschen ihre gesellschaftliche Stellung eingebüßt, würden um ihr nacktes Überleben kämpfen – oder bereits tot sein.

Lena erschrak über ihre eigenen Gedanken. Woher kamen diese radikalen Eingebungen? Musste sie ihrem Vater unbedingt nacheifern? Bislang war noch nichts verloren. Es konnte sein, dass die Phänomene verschwanden, ohne dass es zu einem Unglück kam. Selbst wenn ein oder mehrere supermassive Eruptionen stattfanden, musste das keine Katastrophe bedeuten. Die Menschheit war zäh und anpassungsfähig, das hatte sie in den vergangenen Jahrtausenden mehrfach bewiesen.

Ruhig Blut, dachte Lena und folgte den anderen in den Konferenzraum. Gemeinsam mit Rolf präsentierte sie ihre Erkenntnisse und die dramatischen Neuigkeiten aus der weltweiten Vulkanforschung. Sie legte ihre Schlussfolgerungen dar – und wies auf die tödliche Gefahr hin, in der nicht nur die deutsche Bevölkerung schwebte, sondern alle Menschen des Planeten.

Die folgende Diskussion war hitzig, emotional und musste mehrmals aufgrund von Krisentelefonaten sowie eintreffender Personen unterbrochen werden. Am frühen Nachmittag gab es eine Telefonkonferenz mit den französischen, italienischen und amerikanischen Kollegen, später eine Live-Zuschaltung der Bundeskanzlerin. Allmählich wurde allen bewusst, welches Drama sich vor ihren Augen anbahnte – und wie wenig sie tun konnten, um es zu verhindern.

»Mit welchen konkreten Folgen müssen wir bei einem Supervulkanausbruch rechnen?« Der Präsident des Bundesamtes für Bevölkerungsschutz und Katastrophenhilfe hatte die Finger über der Tischplatte verschränkt, ohne seine Nervosität verbergen zu können. »Bisher haben Sie uns nur Hypothesen präsentiert.«

Lena nickte. »Leider – oder eher glücklicherweise – hatte die moderne Wissenschaft noch nie die Gelegenheit, einen Supervulkanausbruch live zu dokumentieren. Deshalb beruhen unsere Annahmen auf Schätzungen. Seit gestern läuft eine Modellierung auf dem Supercomputer der Universität Stuttgart. Dabei werden die Verteilung und die Folgen vulkanischer Sulfat-Aerosole in der Stratosphäre simuliert. Die Modellierung erfordert hohe Rechnerkapazitäten, deshalb haben wir noch keine Ergebnisse. Es sollte aber im Laufe des Abends so weit sein.«

»Wenn wir die hier genannten Informationen und Prognosen ungefiltert an die Öffentlichkeit tragen, bricht Panik aus«, gab der Polizeipräsident zu bedenken. »Wir müssen uns auf eine mediale Strategie einigen; eine Strategie, die alles vermittelt, was notwendig ist, Überflüssiges unerwähnt lässt und insbesondere die Hoffnung der Menschen bewahrt. Wenn das Vertrauen in den Staat und die Exekutive verlorengehen, wenn der letzte Optimismus schwindet, dann regiert das Chaos und wir sind machtlos.«

Lena wusste, was der Polizeipräsident mit seiner Aussage meinte. Grundsätzlich war sie davon überzeugt, dass der Bevölkerung die volle, erschreckende Wahrheit zustand, glaubte aber ebenso, dass sie es nicht erfahren durfte. Mit dieser Einstellung waren sie nicht allein. Auch in anderen Ländern wurden Konferenzen abgehalten, mit dem Ziel, die Welt sachlich und fundiert auf das vorzubereiten, was ihr bevorstand. Freilich konnte das nicht gelingen, aber zumindest versuchen musste man es. Außerdem blieb nach wie vor eine, wenn auch geringe Restwahrscheinlichkeit, dass die vulkanische Aktivität ohne heftige Eruptionen wieder abflauen würde. Aber darauf konnte und wollte sich niemand verlassen.

Gegen siebzehn Uhr einigten sie sich auf die weitere Vorgehensweise. Eine halbe Stunde später traten die Sprecher der Behörden und Einsatzkräfte vor die Presse, die längst Wind von der Sache bekommen hatte und das Forschungszentrum in Potsdam belagerte. Danach folgte eine Rede der Bundeskanzlerin an die Nation. Die Ansprachen und Berichterstattungen wurden aufgrund ihrer Brisanz auf allen Sendern ausgestrahlt, konnten im Netz verfolgt werden und waren ebenso im Rundfunk zu hören.

Die verbreiteten Informationen waren umfassend, blieben jedoch sachlich und zurückhaltend. Es hieß, dass die Lage ernstzunehmen war, aber keine unmittelbare Bedrohung für Leib und Leben darstellte. Laut übereinstimmender Meldungen hatten die zuständigen Behörden und Einsatzkräfte die Lage unter Kontrolle, waren für alle Eventualitäten gerüstet.

Letzteres war eine Lüge. Lena wusste das. Dennoch hatte sie keinen Einwand erhoben. Sie ahnte, dass es nicht anders ging, nicht, ohne die öffentliche Sicherheit und Ordnung zu gefährden. Außerdem war sie davon überzeugt, dass die Menschen den wahren Kern der Botschaft begriffen. Irgendwann in ferner Zukunft – wenn es eine solche gab – würde es vielleicht heißen, dass ohnehin alle Bescheid gewusst hatten. Egal welche Maßnahmen man traf, welche Informationen man zurückhielt, manche Dinge ließen sich nicht vertuschen. Schon gar nicht das Ende der Welt.

Saalfelden, Einöde zwölf
Freitag, 06. Juli, 13:00 Uhr

Es war nach Mittag, als Emma ihr Ziel erreichte. Sie war der schmalen Straße am nordöstlichen Ende von Saalfelden gefolgt, über eine Brücke gefahren und hatte das Gebäude auf der Lichtung entdeckt. Nun stand sie vor dem Haupteingang und musterte das Haus – oder sollte sie Villa sagen? –, das sich hier mitten im Nirgendwo befand. Das nächste bewohnte Anwesen war mehr als einen halben Kilometer entfernt. Hier mussten exzentrische Menschen wohnen, die mit ihrem Bauwerk den Eindruck vermitteln wollten, das Haus sei aus einem urbanen Nobelbezirk abtransportiert und in dieser Einöde abgeladen worden. Allerdings hätte sich das Gebäude mit seinen unförmigen Aufbauten und dem gedrungenen Aussehen auch in der Stadt seltsam ausgemacht; um nicht zu sagen, unheimlich gewirkt.

Emma schulterte ihren Rucksack und trat auf die Eingangstür zu. Davor befand sich ein altmodischer Postkasten, allerdings kein Namensschild oder ein sonstiger Hinweis auf die Bewohner des Gebäudes. Emma war unsicher, wie sie weiter vorgehen sollte. Wenn sie anläutete und jemand öffnete, was konnte sie sagen, wie ein Gespräch beginnen? *Hallo, mein Name ist Emma Vill. Ich komme aus Südtirol. Mein Engel hat mich hierher geführt, weil der Welt ein dramatischer Wandel bevorsteht und Ihr Haus ein Ort des Neubeginns sein wird.*

Nein, keine gute Idee. Vielleicht sollte sie erklären, dass sie sich verfahren hatte und eine Weile hier rasten wollte. Sie könnte über das Wetter erzählen, lustige Anekdoten schildern und darauf hoffen, dass sie der oder die Besitzer nicht hochkant aus dem Haus warfen; falls sie eine Fremde überhaupt einließen.

Emma kam ihr Vorhaben immer verrückter vor. Wahrscheinlich reagierten die Hauseigentümer abweisend, vielleicht sogar aggressiv, riefen die Polizei oder gingen gleich mit der Schrotflinte auf sie los.

Bevor sich Emma endgültig verunsichern lassen konnte, trat sie an die Tür heran und drückte entschlossen auf den Klingelknopf, der von einem dämonischen, wenig einladenden Antlitz eingerahmt wurde. Sie wartete eine Minute, läutete ein zweites Mal. Nichts geschah.

Emma pochte gegen die Tür, doch auch diesmal erfolgte keine Antwort. Schlussendlich drückte sie die Klinke herunter – und die Tür sprang auf. Mit klopfendem Herzen trat Emma in einen geräumigen Vorraum, erblickte leere Schuhregale und das Bildnis einer Jagdszene an der Wand. Sie marschierte weiter, öffnete die nächste Tür, trat in einen langen Gang.

»Hallo? Ist hier jemand?«

Nichts. Keine Stimme, kein Laut, nur Stille. Das Licht im Gebäude wirkte gedämpft. Emma bemerkte, dass die Fenstergardinen geschlossen waren. Womöglich war das Haus gar nicht bewohnt. Mit leisen Schritten marschierte Emma weiter, erreichte das Ende des Gangs. Eine Holztür führte in einen mehr als dreißig Quadratmeter großen, üppig ausgestatteten Raum, offenbar das Wohnzimmer.

Emma blickte sich um. Der Raum war gemütlich eingerichtet. Zwei Sofas, auf denen Decken und Kissen lagen, hohe Regale mit Büchern, Vasen und anderen Kunstgegenständen, Perserteppiche, ein geschnitzter, ovaler Holztisch, passende Stühle dazu, Kronleuchter, mehrere Zimmerpflanzen, Bilder an den Wänden, ein monströser Flachbildschirm …

Emma schüttelte verwirrt den Kopf. Wieso war hier niemand? Weshalb stand das Gebäude offen? Sie wollte einen weiteren Ruf ausstoßen, als ihr jemand zuvorkam.

»Wen haben wir denn da.«

Die Stimme drang aus versteckten Lautsprechern. Emma kannte den Sprecher, wusste, um wen es sich handelte. Aber das war unmöglich.

»Mich wundert, dass du noch lebst, Emma. Mit dir habe ich nicht gerechnet.«

Die Stimme dröhnte in Emmas Kopf. Sie fraß sich immer tiefer, mitten durch ihre Eingeweide und bis in ihre Seele, ließ ihr gesamtes Wesen zu Eis erstarren.

Nein, dachte sie, erfüllt von bodenlosem Entsetzen. *Das darf nicht sein.*

∞

Ferdinand hielt den Wagen an, als er über die Brücke fuhr und sich die Lichtung vor ihm öffnete. Er war ehrlich beeindruckt.

Das Gebäude war ein Kunstwerk. Eine elegante Mischung aus Jugendstil und Späthistorik, vermischt mit märchenhaften, pittoresken Elementen, die ein wenig an

Schloss Neuschwanstein erinnerten. Ferdinand fragte sich, was es hier zu ändern gab. Das Haus war, wie der Kunde gesagt hatte, erst kürzlich renoviert worden. Weshalb sollten erneut Umbauarbeiten notwendig sein? Vor allem hatte der Auftraggeber von großzügigen Veränderungen gesprochen.

Egal. Ferdinand war schließlich Architekt und kein Moralapostel. Wenn dieser Herr Kohlhaas eine Neugestaltung seines Eigentums wünschte, würde Ferdinand dafür sorgen, dass alles so geschah, wie es der Kunde wollte. Für die Summe, die der Auftraggeber bereit war zu zahlen, hätte Ferdinand auch den Abriss der Villa akzeptiert und an derselben Stelle ein neugotisches Kloster geplant.

Ferdinand fuhr bis unmittelbar vor den Haupteingang, neben dem bereits zwei andere Fahrzeuge standen. Als er aus dem Wagen stieg, fielen ihm mehrere Risse im Außenverputz der Fassade auf. Ob das Gebäude im Inneren womöglich baufälliger war? Ferdinand trat an die Tür und drückte die Klingel. Es erfolgte keine Antwort. Allerdings meinte er, von drinnen eine Stimme zu vernehmen.

Kurzerhand griff er nach der Klinke und schob die Tür auf. Der Vorraum war geräumig aber leer, mit ausreichend Ablagen und Kleiderständern für eine zwanzigköpfige Schulklasse.

»Hallo?« Ferdinands Ruf verhallte ohne Erwiderung. »Herr Kohlhaas?«

Ferdinand zog sich die Schuhe aus, öffnete die nächste Tür und trat in einen Gang. Er folgte der Stimme bis in das Zimmer am Ende des Flurs. Als Ferdinand die Tür aufzog, den überladen wirkenden Raum betrat und das furchtsame Wispern vernahm, dachte er noch, dass sich hier irgendetwas merkwürdig anfühlte. Dann stand er in der Stube und sein Blick fiel auf Emma. Sie hockte am Sofa, das Gesicht fahl wie der Tod, die zitternden Hände in ihren Schoß gebettet.

»Oh mein Gott«, flüsterte sie.

∞

»Ich nehm's«, sagte Mathias, zog an der Zigarette und ein feines Grinsen manifestierte sich auf seinen Zügen. »Wenn du das Haus nicht willst, kauf ich es dir ab.«

Bernhard war sprachlos. Sein Blick ruhte auf dem villenartigen Gebäude vor ihnen, das so protzig am Waldrand stand, als wäre es der stille Wächter am Eingang zu einer anderen Welt. Es war aber nicht das Haus an sich, das Bernhards Selbstbeherrschung hinwegfegte, sondern die Erinnerungen daran. Er kannte das Gebäude. Er hatte es schon mehrmals gesehen, obwohl er noch nie hier gewesen war. Es handelte sich um das Haus aus seinen Träumen, die Anlage am Rand der Lichtung, aus der Anna auf ihn zutrat.

Unmöglich. Das war schlicht und ergreifend unmöglich.

»Du sagst ja gar nichts.« Mathias lachte leise. »Hat es dir die Sprache verschlagen?«

Doch als er die Züge seines Kollegen musterte, verblasste sein Grinsen. »Was ist los?«

»Ich ...« Bernhard schluckte schwer. »Ich kenne das Haus.«

»Ich dachte, du warst noch nie hier.«

»War ich auch nicht. Glaube ich. Aber ich habe davon geträumt.«

»Geträumt?« Mathias' Augenbrauen wanderten nach oben. »Du meinst das ernst, oder?«

»Ja.«

Mathias schwieg einige Sekunden. »Kann es sein, dass du diesen Ort doch schon mal besucht hast? Vor vielen Jahren, als Kleinkind zum Beispiel.«

Bernhard schüttelte den Kopf. »Meine Eltern haben stets in oder nahe Berlin gelebt. Später bin ich nach München übersiedelt. Gottfried hat nie von einem anderen Haus gesprochen, schon gar nicht von einer Villa mitten im Wald.«

»Weshalb sollte er dir diesen Besitz verschweigen und erst in seinem Testament erwähnen? Allein das Gebäude ist sicher eine halbe Million wert, dazu kommen mehrere Hektar Wald und Grünflächen.«

Bernhard konnte nur stumm die Schultern zucken. Am meisten verstörte ihn noch immer die Tatsache, dass diese Villa in seinen Träumen aufgetaucht war; zusammen mit Anna – einer Frau, die seit Monaten tot war. Außerdem drang die unangenehme Frage in seinen Geist, woher Gottfried das Geld hatte, um ein solches Haus und das riesige Grundstück zu erstehen; und natürlich, weshalb sein Vater mitten in der wahrhaftigen Einöde eine Immobilie erwerben sollte, die er nur alle heiligen Zeiten aufsuchen konnte.

Bernhard schüttelte den Kopf und setzte sich in Bewegung. Nachdenken war gut und wichtig, aber zunächst musste man alle Fakten kennen – und die befanden sich zum Großteil innerhalb des Gebäudes.

Sie traten an den Haupteingang heran. Bernhard fiel auf, dass eines der Fahrzeuge vor der Tür ein italienisches Kennzeichen besaß. Dabei konnte es sich schwerlich um den Notar handeln, der Deutscher war. Hatte noch jemand Interesse an dem Haus oder war im Testament erwähnt worden? Der Notar hatte keinen entsprechenden Hinweis fallen lassen.

Mathias schnippte seine Zigarettenkippe zu Boden, drückte die Klingel – und Bernhard zuckte zusammen. Der warme Hauch in seinem Nacken war zurückgekehrt. Er wanderte rasch und pulsierend über seine Haut, wie der erregte Atem einer Frau; oder wie das Keuchen eines Menschen, der bodenlose Furcht empfand.

»Na wird's bald«, brummte Mathias und tippte ein weiteres Mal auf den Klingelknopf. Bernhard registrierte das geöffnete, silbern funkelnde Maul, in das die Glocke eingefasst war. Es sah wenig einladend aus; falsch, es wirkte bedrohlich.

Bernhard strich sich über den Nacken. »Wohl alle ausgeflogen.«

»Das kann ich mir nicht vorstellen.« Mathias warf Bernhard einen irritierten Blick zu, als dieser seine Dienstwaffe zog. »Was soll das?«

»Mir gefällt die Sache nicht«, erwiderte Bernhard und musterte die Umgebung. »Warum ist es so still? Weshalb öffnet niemand?«

Mathias lächelte. »Mir scheint, dein letzter Einsatz auf Teneriffa hat deine Paranoia geweckt. Das Haus ist groß, vielleicht hört man die Klingel nicht überall. Oder der Notar sitzt gerade auf der Toilette.«

»Was ist mit den Kameras? Die sind unter dem Dachfirst versteckt, in Tarnfarben lackiert. Sie dienen nicht der Abschreckung, sondern der Überwachung – und das hier mitten im Nirgendwo.«

»Das war sicher eine Maßnahme deines Vaters, der damit Paparazzi einschüchtern wollte, die ihn beim Pinkeln beobachtet haben.«

»Witzbold«, knurrte Bernhard und drückte die Tür auf – ohne die Waffe aus der Hand zu legen. Er musterte den Vorraum aufmerksam, öffnete die nächste Tür und marschierte den Flur entlang.

»Herr Schmelzer?« Bernhards Stimme brach sich in der Leere des Gangs, klang dünn und geisterhaft. Ihm fiel auf, dass durch die Fenster nur wenig Licht drang. Die Gardinen waren vorgezogen, tauchten den Flur in einen dumpfen, bedrückenden Schein. Der warme Hauch in Bernhards Nacken wurde heiß.

»Da hinten«, meinte Mathias leichthin, der weder angespannt noch verunsichert wirkte. »Ich sehe Licht.«

Unter der Türschwelle am Ende des Gangs floss ein heller Schimmer in den Flur. Bernhard packte seine Dienstwaffe mit beiden Händen, näherte sich bedächtig und hochkonzentriert. Er glaubte, Stimmen zu hören, die Stimme einer Frau und die eines Mannes.

Bernhards Nacken glühte. Am liebsten hätte er seine Waffe fallen gelassen und über die erhitzte Haut gerieben. Hier war definitiv etwas nicht in Ordnung.

Bernhard zögerte nicht länger, riss die Tür auf und stürmte in den dahinterliegenden Raum. Das Zimmer war hell erleuchtet. Zwei Personen hielten sich darin auf.

Emma, erkannte Bernhard. *Ferdinand. Was zum Teufel ...?*

Das Glühen in seinem Nacken verwandelte sich in Eis – so brutal und unerwartet, dass Bernhard einen Aufschrei nicht unterdrücken konnte.

»Die Waffe kannst du wegstecken«, erklang eine Stimme, die weder von Emma noch Ferdinand stammte. Die Klangfarbe und Sprechweise kamen Bernhard bekannt vor; auf eine Weise, die sein Unwohlsein in blanke Furcht umschlagen ließ.

»Du wirst die Pistole erst brauchen, wenn du deine Tochter erschießt.«

∞

»Nicht schlecht, Herr Specht«, sagte Sonja und betrachtete das Gebäude am Waldrand. »Erinnert mich mit den Türmen und Anbauten an ein kleines Schloss.«

»Selbstverständlich ein Schloss.« Raphael hielt vor dem Eingang und stellte den Motor ab. »Du wolltest doch eins.«

»Stimmt, ich erinnere mich. Aber wieso steht dann nirgends *Sonjas Traumschloss*?«

»Jetzt, wo du es sagst.« Raphael kniff die Augen zusammen. »Kein Schild oder irgendwas. Merkwürdig.«

»Vielleicht sind wir falsch.«

»Vielleicht. Am besten wir fragen nach.«

Sie stiegen aus dem Wagen und musterten die Fassade des Gebäudes.

»Da sind Überwachungskameras.« Sonja deutete auf die toten Augen unter dem Dachfirst, die so geschickt angebracht waren, dass man sie leicht übersehen konnte.

»Der Eigentümer des Schlosses ist wohl etwas paranoid.« Raphael grinste. »Wahrscheinlich sind wir tatsächlich falsch.«

Er schulterte seinen Rucksack und trat als Erster durch die Tür. Sofort fiel ihm der Geruch auf. Es war eine Mischung aus frisch gesägtem Holz, ausgehobener Erde und altem Teppichboden, das zusammengenommen ein starkes Déjà-vu-Gefühl wachrief. Raphael fragte sich, woher er diesen Duft kannte. In jedem Fall war es keine unangenehme Erinnerung.

»Hallo? Jemand hier?«

Im Haus blieb es stumm. Raphael zögerte kurz, dann öffnete er die nächste Tür und trat in einen spärlich beleuchteten Gang.

»Unheimlich«, flüsterte Sonja und drängte sich an ihn. »Mir gefällt das nicht. Was, wenn hier irgendein Verrückter haust, der ahnungslose Reisende gefangen nimmt und sie ...?«

»Schatz, lass das. Hast du nicht draußen die Autos gesehen? Vielleicht sind die Bewohner im Keller oder bei einer Besprechung.«

Sonja spitzte die Ohren. »Hörst du das? Da sind Stimmen.«

Aus dem Raum am Ende des Gangs drang ein diffuses Murmeln. Offenbar war das Zimmer schallisoliert, denn man konnte kein Wort verstehen. Aber es musste sich um mehrere Personen handeln.

»Na schau«, meinte Raphael. »Womöglich ist das hier ein Meditationszentrum. Wir klopfen an, fragen nach dem Weg, dann sind wir schon wieder fort.«

Raphael begriff, dass seine Worte Sonjas Unwohlsein nicht besänftigen konnten. Auch er selbst spürte, dass unangenehme Gedanken und Empfindungen aufstiegen. Sie sollten dieses Gebäude verlassen, bevor ihre düsteren, verdrängten Erinnerungen an die Oberfläche gelangten.

Mit zwei raschen Schritten war Raphael an der Tür und klopfte. Das Gemurmel in dem Raum dahinter erlosch. Stille schlug ihnen entgegen.

Raphael vernahm eine Stimme in seinem Geist, die laut *Gefahr!* rief, aber er ignorierte sie, riss entschlossen die Tür auf. Er erblickte ein reich ausgestattetes Wohnzimmer, das unter anderen Umständen beeindruckend gewirkt hätte. So aber schwankte Raphael zwischen Überraschung und Verständnislosigkeit.

Es befanden sich vier Personen im Raum. Drei von ihnen kannte er nur zu gut. Raphaels Gedanken überschlugen sich. Verzweifelt bemühte er sich, die verstörenden Zusammenhänge zu begreifen – als Sonja hinter ihm einen Schrei ausstieß.

»Nein«, flüsterte sie und ihr Tonfall verwandelte sich in die abgebrochenen, hohlen Laute eines Erfrierenden. »Das kann nicht sein.«

»Wie schön, dass ihr hier seid«, erklang eine wohlbekannte Stimme, die keinem der Personen im Raum gehörte. »Herzlich willkommen in der Hölle.«

∞

»Bist du sicher, dass wir hier richtig sind?« Sandras skeptischer Blick ruhte auf dem Gebäude, das mehr einer Stadtvilla glich, als einem Hotel der gehobenen Preisklasse. Seltsamerweise kam ihr das Haus bekannt vor.

Lorenz blickte auf sein Smartphone. »Die Adresse passt. Glaube ich.«

Sandra verdrehte die Augen. »Wie wäre es, wenn wir reingehen und nachfragen?«

»Einverstanden.« Lorenz stieg aus dem Wagen und öffnete den Kofferraum. »Ich nehme deine Tasche.«

»Ganz der Gentleman, was?«

»Klar, wie immer.«

»Ach? So wie letztens, als du mir die Tür vor der Nase zugeschlagen hast?«

Lorenz verzog das Gesicht. »Das war ein Versehen. Und ich habe mich entschuldigt.«

»Ich bin dir noch immer böse.«

»Ernsthaft?«

»Nein. Aber ich will trotzdem auf deiner Gitarre spielen.«

»Das also ist des Pudels Kern.« Lorenz grinste. »Wenn das so ist, kannst du sie gleich mitnehmen. Dann müssen wir nicht zweimal gehen.«

Sie marschierten zur Eingangstür. Erneut hatte Sandra die Empfindung, als kannte sie das Haus. Sie war schon einmal hier gewesen. Das Déjà-vu verstärkte sich, je näher sie dem Eingang kamen. Sandra wurde langsamer. Es waren keine positiven Erinnerungen, die sie mit diesem Gebäude verband. Vielleicht sollten sie nicht eintreten. Doch da war Lorenz bereits an der Tür, drückte sie auf und trat in den Vorraum.

»Genauso habe ich es mir hier vorgestellt«, meinte er.

Sandra zögerte. Sie schämte sich, dass sie schlagartig der Mut verlassen hatte. Was war nur los mit ihr? Hier gab es rein gar nichts Furchteinflößendes, nur dieses ungute Gefühl. Aber Gefühle konnten täuschen, das wusste sie. Sie durfte sich nicht von ein paar zwielichtigen Gedanken einschüchtern lassen!

Entschlossen trat sie vor und über die Schwelle des Hauses.

»Ekelhaft.« Sandra betrachtete die gemalte Jagdszene an der Wand. »Ich hoffe, so etwas hängt nicht in unserem Zimmer.«

»Vielleicht über dem Bett«, feixte Lorenz.

»Wenn das wahr ist, darfst du es abnehmen und irgendwo verstecken. Ich kann mir nichts vorstellen, das abtörnender ist.«

»Wird gemacht. Aber zuerst brauchen wir mal ein Zimmer.« Lorenz trat in den Gang, blickte sich um. »Niemand zu sehen. Aber vielleicht dort vorn.« Er deutete auf die Holztür am Ende des Flurs, unter der ein Lichtschein hervordrang.

Sandra schoss der Gedanke ein, dass sie soeben einen schweren Fehler begingen – als Lorenz auch schon die Tür aufzog. Es war das Weinen, das Sandra zuerst auffiel. Dann die übertriebene Helligkeit im Raum. Leise, erregte Stimmen. Der Geruch vieler Menschen, schwitzender Menschen. Beinahe wäre sie mit Lorenz zusammengestoßen, der wie festgewurzelt dastand und sich nicht vom Fleck rührte.

»Was ist los?«, fragte Sandra und lugte an ihm vorbei.

Im nächsten Moment setzten ihre Gedanken aus. Sie tat nichts, sie atmete nicht, das Lächeln gefror auf ihren Lippen. Die fremde Stimme erklang, noch bevor das Erschrecken und die Panik Zeit bekamen, in ihr Bewusstsein zu schwappen.

»Hallo Sandra, hallo Lorenz. Schön, dass ihr gut angekommen seid. Da wir jetzt vollzählig sind, noch einmal die wichtigsten organisatorischen Dinge. Die Fenster sind aus Panzerglas, die Eingangstür lässt sich von innen nicht entriegeln und sämtliche anderen Ausgänge sind versiegelt. Sollte dennoch eine Scheibe zu Bruch gehen oder die Eingangstür geöffnet werden, detonieren die Sprengladungen im Haus. Dasselbe geschieht, wenn ihr euch nicht an meine Anweisungen haltet. Außerdem habe ich weitere Überraschungen vorbereitet, mit denen ich jeden Ungehorsam bestrafen kann und werde. Soweit mal Fragen?«

Niemand sprach ein Wort. Niemand regte sich.

Die Stimme aus den Lautsprechern klang jetzt weicher, gelöster, ein bisschen so, als spreche sie mit einer Gruppe verschreckter Kinder.

»Ich sehe, ihr versteht die Situation. Für alle, die neu hier sind oder es noch nicht begriffen haben: Mein Name ist Matteo Vill. Ich bin der Gott der Pein und ich werde euch töten.«

USA, Wyoming, Yellowstone-Nationalpark
Freitag, 06. Juli, 09:30 Uhr Lokalzeit

James MacLeods Grinsen hatte etwas von dem Lächeln des Jokers, als er auf der Anhöhe stand und zusah, wie der Imperial Geysir ausbrach. Sie hatten Glück gehabt, unfassbares Glück. Wären sie vor drei Tagen nur eine halbe Stunde später angereist, hätte man sie nicht mehr in den Nationalpark gelassen. James, Victoria, Bill und die anderen hatten die Nachrichten verfolgt, die Diskussionen, die sich um einen möglichen Vulkanausbruch drehten. Gerade noch rechtzeitig war ihnen aufgegangen, dass sie jetzt handeln mussten, wenn sie eine Chance haben wollten, ihr Filmprojekt durchzuziehen, an dessen Vorbereitung sie seit mehr als einem Jahr feilten.

Sie hatten in fliegender Hast ihre Sachen zusammengepackt, waren in den Kleinbus gestiegen und hatten die Strecke von San Francisco nach Yellowstone in der Rekordzeit von zwölf Stunden bewältigt. Alle erforderlichen Genehmigungen waren seit Wochen ausgestellt und sie hatten die Grenze des Nationalparks unbehelligt passieren können.

»Achtung«, erklang Bills Stimme. »Bereitmachen.«

James Grinsen verschwand. Er musste sich konzentrieren, den Fokus auf seine Rolle setzen. Ein fröhlicher Gesichtsausdruck war da momentan nicht angebracht.

»Uuund ... Action!«

James marschierte den Hügel hinab, vorbei an dampfenden Gasaustritten und gelb-orangen Schwefelablagerungen. Vor ihm stand Victoria, die Hände hinter dem Rücken verschränkt, den Blick zum Himmel erhoben. Niemand wusste, dass sie mit ihm schlief, so wie er mit jeder Filmpartnerin Sex hatte. Das war seine Forderung, wenn eine Kollegin die Rolle haben wollte.

James war natürlich der Hauptdarsteller. Der Film war eine Mischung aus Heimatfilm und spektakulärer Naturdokumentation, etwas, was es in der Form schon lange nicht mehr gegeben hatte. Er würde einschlagen wie eine Bombe. James war es egal, sollte es anders kommen und der Film ein Reinfall werden. Er bekam gut bezahlt und machte das, was ihm am meisten Spaß bereitete: eine Rolle spielen.

James trat neben Victoria, legte einen Arm um ihre Schulter. Sie stieß ein tiefes Seufzen aus, richtete ihre hellblauen Augen auf ihn. Tränen glänzten darin.

»Mein Liebster«, flüsterte sie. »Michael weiß von uns.«

Glücklicherweise nicht, dachte James und musste innerlich grinsen.

Der Boden erzitterte. James kämpfte um sein Gleichgewicht, beinahe wäre er nach hinten gekippt. Die Felsen knirschten, zwei oder drei Dampfaustritte erloschen, dann herrschte Stille.

Victoria löste sich aus James Umarmung, wich ein paar Schritte zurück. Ihre Trauer war wie fortgeblasen, auf ihren Zügen stand unverhohlener Ärger.

»Nicht schon wieder«, fauchte sie und stampfte mit dem Fuß auf, als könnte sie damit die schwankende Erde zur Vernunft bringen.

»Damned«, rief Bill und griff sich an den Kopf. »Cut, cut!«

»Machen wir's halt noch mal«, rief James und erhob sich. »Ich gehe ein Stück den Hügel hinauf, dann ...«

Die Erschütterungen kehrten zurück, stärker als zuvor. James konnte sich nicht aufrecht halten. Er fiel auf die Knie, als der Boden so heftig hin- und herschwankte wie ein bockendes Pferd. Im Wald stürzten Bäume um, von den Felswänden hoben sich Staubfahnen. Risse durchzogen das Gestein. Vogelschwärme flatterten auf, ihr alarmiertes Gezwitscher untermalte das Grollen des Untergrunds wie eine falsch gespielte Flöte.

Victoria schrie. James wandte den Blick, verstand nicht, weshalb um ihre Gestalt auf einmal Dampf aufstieg. Schlagartig roch es nach Schwefel, so intensiv, dass James meinte, keine Luft zu bekommen.

Der Boden hob sich. Jäh konnte man auf die Baumkronen herabblicken, auf den Firehole River, der drei Kilometer entfernt durch das Tal floss – und sich in eine kochende, windende Schlange verwandelt hatte. James begriff, dass sich das gesamte Tal veränderte, verzerrte, nach oben wölbte wie ein überhitzter Pfannkuchen. Es war, als verlor die Welt ihre feste Form und wurde zu etwas anderem; etwas, das lebendig war, doch allem Leben den Tod brachte.

Bevor James Furcht oder gar Entsetzen verspüren konnte, riss unter ihm das Gestein auf. Etwas traf ihn, heißer als Feuer. Seine Gedanken und Empfindungen wurden hinweggefegt. Ein einziges Gefühl blieb und verbrannte alles Übrige: Schmerz.

Saalfelden, Einöde zwölf
Freitag, 06. Juli, 17:45 Uhr

Emma saß noch immer so da wie vor drei Stunden. Falls sie sich erhoben und im Zimmer auf- und abgelaufen war, hatte sie es vergessen. Sie musste dringend auf die Toilette, aber dieses körperliche Verlangen wirkte weit entfernt, als gehörte es einem anderen Menschen.

Anfangs waren ihr die unterschiedlichsten Gedanken durch den Kopf geschossen, düstere Erinnerungen und Fragen, die sie nicht beantworten konnte. Darunter die alles entscheidende: Wie hatte Matteo überlebt? Aber je mehr Personen eintrafen, desto mehr musste sie sich darauf konzentrieren, nicht in Panik zu verfallen. Schlussendlich kreisten ihre Gedanken ausschließlich um zwei Themen – um die Perfidität des Lebens und Gabriels Verrat. Ihr Schutzengel hatte sie hierher gelockt, direkt in die Höhle des Löwen; oder eher des Teufels. Auch war er nicht länger erreichbar, reagierte weder auf ihre unhörbaren Schreie, noch auf ihr Bitten und Flehen.

Emma wusste, dass sie verloren war. Sie alle waren verloren. Matteo hatte sich lange und gründlich auf den heutigen Tag vorbereitet. Diesmal würde ihm kein Fehler unterlaufen. Er konnte sie auf brutalste Weise ermorden, während er selbst irgendwo in einem Hotelzimmer vor dem Fernseher hockte und die Video- und Tonaufnahmen aus dem Haus betrachtete. Später, wenn sie alle totes Fleisch waren, würde er unbehelligt seinen mörderischen Neigungen nachgehen und über die Dummheit seiner Opfer lachen.

Emma begriff zwei Dinge. Erstens, dass sie sich noch niemals so schrecklich verraten gefühlt hatte und zweitens, dass sie in einem Zustand körperlicher wie geistiger Starre gefangen war. Sie hatte nicht die Kraft, etwas dagegen zu unternehmen. Wer keine Hoffnung mehr besaß, der konnte sich nicht selbst aus einer solchen Lage befreien. Und wer unfähig war zu handeln, der war den Bedrohungen des Lebens hilflos ausgeliefert. Genauso wie ein Kaninchen vor dem Wolf; schockiert, regungslos – und so gut wie tot.

∞

Ferdinand benötigte einige Zeit, bis er die Situation begriff. Als es schließlich so weit war, brüllte er den unsichtbaren Sprecher an, warf Matteo vor, feige und ohne Ehre zu sein. Er stürmte aus dem Zimmer, rüttelte minutenlang an der Eingangstür. Als er die Sinnlosigkeit seines Unterfangens einsah, kehrte Ferdinand in das Wohnzimmer zurück und forderte Matteo heraus. Er beschimpfte ihn mit hochgereckten Fäusten, schrie, dass er aus seinem dreckigen Loch herauskriechen und sich ihm stellen sollte. Er, Ferdinand Helmreich, hatte Matteo schon einmal getötet. Es würde ihm auch ein zweites Mal gelingen.

Doch Matteo ging nicht auf die Anschuldigungen und Provokationen ein. Er verhielt sich ruhig und wenn seine Stimme doch erklang, war sie kühl und gelassen. Matteo informierte Ferdinand darüber, was er mit dem Haus angestellt hatte. Sie waren in einem explosiven Bunker gefangen, der jeden Moment hochgehen konnte, wenn Matteo der Sinn danach stand.

Ferdinand zweifelte keinen Augenblick daran, dass Matteo die Wahrheit sprach. Er vernahm es in seiner Stimme. Er spürte die unsichtbare Gefahr, die das Haus durchdrang. Und er sah es in Emmas leeren Augen.

Irgendwann fiel Ferdinand erschöpft auf das Sofa. Er überdachte verschiedene Fluchtstrategien, eine unrealistischer als die andere. Als Ferdinand hörte, wie sich die Eingangstür öffnete und jemand einen Namen rief, sprang er auf und wollte nach draußen hetzen. Aber Matteos barsche Stimme erklang und befahl, dass er sich wieder setzen sollte – andernfalls hätte er keine zehn Sekunden mehr zu leben.

Nach der Ankunft von Bernhard und dem Begreifen von Matteos perfidem Plan, verfiel Ferdinand in einen Zustand der Lethargie. Er beteiligte sich nicht an den sporadischen Gesprächen, ging nicht auf Fragen ein, die an ihn gerichtet waren. Sein Wesen kehrte dorthin zurück, wo alles im Abgrund verschwunden war, zu dem

Moment, als er erfahren musste, dass seine Tochter gestorben war. Er hätte schon damals wissen müssen, dass es zu Ende ging. Doch er war dem Drang der Rache erlegen. Ferdinand hatte die Jagd nach Matteo aufgenommen, ihn zur Strecke gebracht, hatte in sein altes Leben zurückgefunden – und war dennoch gescheitert.

Ich hätte den Tod wählen sollen, als ich die Wahl hatte, dachte Ferdinand und betrachtete seine zitternden Finger. *Zuerst Doris. Dann Samantha. Jetzt bin ich dran.*

∞

Bernhards erste vernünftige Tat war der Griff zum Mobiltelefon. Er wollte aber nicht seine Kollegen bei der Polizei alarmieren, sondern seine Tochter erreichen. Bernhard ahnte sofort, dass es sich hier nicht um einen makabren Scherz handelte und dass Matteos Plan viel weiter ging. Doch dann musste Bernhard feststellen, dass es hier am Ende der Welt keinen Handyempfang gab.

Er und Mathias unternahmen mehrmals den Versuch, mit Matteo zu sprechen. Doch ihr Gefängniswärter blieb stumm. Die beiden Ermittler überlegten, aus dem Gebäude zu fliehen. Doch noch bevor sie fünf Schritte gehen konnten, war Matteos Stimme wieder da. Mit eisiger Ruhe verkündete er, dass er eine Sprengfalle aktivieren würde, sollten sie das Zimmer verlassen. Weder Bernhard noch Mathias zweifelten an Matteos Worten.

Bernhards Befürchtungen bestätigten sich auf das Grausamste, als Sonja und Raphael auftauchten. Um ein Haar hätte Bernhard jede Vorsicht fahren gelassen und wäre mit seiner Tochter zur Eingangstür gehetzt. Er wollte seine Waffe zücken, auf das Türschloss feuern und aus dem Haus stürmen. Aber er tat es nicht. Das Risiko des Scheiterns war zu hoch, zudem hätte er alle anderen in Gefahr gebracht.

Bernhard bemühte sich, seine verstörte Tochter zu beruhigen, und beriet sich leise mit Mathias. Das Fazit ihres Gesprächs war wenig ermutigend. Sie mussten Matteos nächsten Schachzug abwarten. Es war offensichtlich, dass er sie sehen und hören konnte. Die Frage war, ob er sich hier im Gebäude versteckt hielt oder woanders vor einem Computerbildschirm saß und sich an ihrer Verzweiflung ergötzte. Freilich mochte es sein, dass er sie belog und es gar keine Sprengladungen gab. Aber nicht einmal ein Utopist hätte sich darauf verlassen.

Ihnen blieb nichts anderes übrig als abzuwarten. Bernhard kam mit der Situation besser zurecht als etwa Mathias, der wie ein gefangener Tiger im Raum auf und ab schritt, mit den Zähnen knirschte und seine Hände zu Fäusten ballte. Das lag wohl auch daran, dass er sich gern eine Zigarette angezündet hätte. Aber die Kippen waren im Handschuhfach des Wagens – und damit unerreichbar weit weg.

Bernhard ließ sich neben Sonja auf das Sofa nieder, nahm ihre Hand und lächelte ihr aufmunternd zu. Er fühlte in sich hinein, aber da waren weder Furcht noch Panik. Bernhard spürte seine Anspannung und er konnte nicht verhehlen, dass ihre Lage todernst war, aber seine Gedanken blieben klar. Ruhe und Geduld hatten schon immer zu seinen größten Stärken gezählt. Anders hätte er die Herrschaft seines Vaters auch nicht überlebt.

∞

Später ging Raphael wiederholt die zwei, drei Minuten vom Erreichen der Lichtung bis zum Betreten des Raums durch. Er überlegte, was er hätte anders, was besser machen können, ob es einen Weg gegeben hätte, all das zu verhindern. Jedes Mal kam er zu dem Schluss, dass dem nicht so war. Niemand konnte ahnen, welche Schrecken sie hier in der Einöde erwarteten.

Raphael war froh, dass er nicht in einen Schockzustand verfiel, wie es bei Sonja der Fall war. Als sie den Raum betreten hatten und Matteos Stimme vernahmen, war ihr Antlitz fahl wie der Tod geworden. Sie hatte geschwankt, und Raphael konnte sie gerade noch stützen, bevor sie das Gleichgewicht verlor. Er und Bernhard betteten Sonja auf die Couch, obwohl sie sich sträubte und versuchte, ihre Helfer beiseitezuschieben. Doch ihre Bewegungen waren kraftlos und ungelenk, als hätte sie schlagartig völlige Erschöpfung erfasst.

Raphael hockte sich neben Sonja, nahm ihre Hand. Er bemühte sich, nicht an ihre Situation zu denken, nicht an den Horror, der noch auf sie zukommen mochte. Bernhard stellte ein paar Fragen, wollte wissen, wie sie hierhergekommen waren und weshalb sie die Reise angetreten hatten. Raphael antwortete einsilbig und mit gedämpfter Stimme. Sein Blick ruhte auf Sonja, die ihre Augen geschlossen hielt und gleichmäßig ein- und ausatmete. Immerhin war etwas Farbe in ihr Gesicht zurückgekehrt.

Raphael erkannte, dass seine Frau nicht die Einzige war, die unter Schock stand. Emma und Ferdinand saßen völlig apathisch da, als wären sie bereits tot. Sie starrten ins Leere, bleich und regungslos, reagierten kaum, wenn man sie ansprach. Mathias hingegen lief im Raum auf und ab, murmelte unhörbare Worte und stieß dann und wann Flüche oder Verwünschungen aus.

Bernhard, Sonjas Vater, wirkte von allen Anwesenden am gefasstesten. Er sprach Sonja sanfte, wenn auch inhaltslose Aufmunterungen zu, betrachtete den Raum aufmerksam, machte sich Notizen und kontrollierte das Magazin seiner Pistole.

Raphael lief es heiß und kalt den Rücken hinab, sobald er Bernhard mit der Waffe hantieren sah. Er erinnerte sich daran, was ihm sein Schwiegervater erzählt hatte; dass Matteo den Kommissar mit folgenden Worten begrüßt hatte: *Die Waffe kannst du wegstecken. Du wirst die Pistole erst brauchen, wenn du deine Tochter erschießt.*

Niemals, dachte Raphael und die Nägel der freien Hand bohrten sich in seinen Oberschenkel. *Niemals werde ich das zulassen.*

∞

»... Mein Name ist Matteo Vill. Ich bin der Gott der Pein und ich werde euch töten.«

Die Worte halten in Sandras Bewusstsein wider. Sie begriff ihre Bedeutung, ohne den Inhalt zu verstehen, ahnte die sich anbahnenden Schrecken, noch bevor sie die Wahrheit nachvollziehen konnte.

Matteo ist nicht tot, schoss es durch ihren Geist. *Der Verrückte, der Michelle ermordet hat, ist am Leben!*

»Wie ihr bereits festgestellt habt, gibt es hier kein Mobilfunknetz«, fuhr Matteo fort. »Das Haus liegt abgeschieden, kaum jemand verirrt sich hierher. Falls doch ein Wanderer vorbeikommen sollte, habe ich Vorsorge getroffen, dass uns niemand belästigt. Ihr fragt euch vielleicht, wie ich unser Stelldichein arrangieren konnte. Ich denke, es sind genug kluge Köpfe unter euch, die richtig kombinieren können. Außerdem möchtet ihr bestimmt wissen, wo ich mich aufhalte. Ich will es so ausdrücken: Ich bin euch nah und doch unerreichbar. Zuletzt wollt ihr wahrscheinlich erfahren, wie es nun weitergeht. Ich darf euch verraten, dass wir eine aufregende Nacht zusammen erleben werden, die alles in den Schatten stellt, was ihr jemals durchgestanden habt.«

Sandra war Matteos Worten mit einem Gefühl von Unglauben und wachsendem Entsetzen gefolgt. Als Matteo die offensichtliche Drohung aussprach, die nichts anderes als ihr aller Tod bedeuten konnte, war es, als legte ein kleines, irre blickenden Männchen einen Schalter in Sandras Kopf um. Sie schrie auf, duckte sich wie ein verschrecktes Kaninchen, wirbelte herum. Mit zwei Schritten war sie aus dem Zimmer und im Gang, stürmte kreischend auf die Eingangstür zu. Matteo rief irgendetwas, das sie nicht verstand, dann erreichte sie den Vorraum. Sandra packte den Griff der Tür, wollte sie aufreißen, hinausstürmen und so schnell davonlaufen, wie sie nur konnte.

Erst als sich Bernhards kräftige Hand auf ihre Schulter und ihren Arm legte, merkte sie, dass sie weiterhin an der Tür rüttelte. Sie hatte sich keinen Millimeter bewegt. Sandra realisierte, dass sie noch immer schrie. Sie verstummte, ihr Mund klappte zu. Dann begann sie zu weinen, hemmungslos und ohne Scheu.

Bernhard drückte sie an sich, hielt ihren Kopf, stand stumm und regungslos wie ein Fels in der Brandung. Es dauerte einige Minuten, bis sich Sandra beruhigte und die Tränen von ihren Wangen wischen konnte. Sie blickte in das gefasste Antlitz des Polizeikommissars, empfand Dankbarkeit und Zuneigung für den alten, weißhaarigen Mann. Stumm umarmte sie ihn, drückte ihr verquollenes Gesicht gegen seine Brust. Beiläufig fragte sie sich, wo Lorenz steckte, aber diese Frage schien ihr seltsam irrelevant.

Schlussendlich trat sie einen Schritt zurück, rieb über ihr Gesicht und strich eine Haarsträhne hinter ihr Ohr. Noch immer wortlos ergriff Bernhard ihre Hand. Sandra ließ es zu, dass er sie zurück ins Zimmer führte. Es störte sie nicht, wie ein kleines Kind behandelt zu werden. Momentan fühlte sie sich nicht anders.

Als Sandra in den Raum trat, fiel ihr Blick auf Lorenz. Er kauerte in einer Ecke der Stube, das Antlitz aschfahl, die Augen weit aufgerissen. Etwas an seinem Gesicht irritierte sie. Es war nicht das Flackern in seinem Blick, nicht die Schweißperlen auf seiner Stirn. Als er zu ihr herübersah, erkannte sie eine Gefühlsregung, die völlig unpassend wirkte: Reue.

»Wie ich sehe, ist auch die Jüngste wieder zur Vernunft gekommen«, erklang Matteos melodische und doch gnadenlose Stimme.

Mit einem Mal verschwanden Sandras Furcht und Panik. Ein anderes Gefühl drängte an die Oberfläche: Hass. Er richtete sich auf Matteo; auf die Person, die alles zu verantworten hatte, auf den Menschen, der ihr Michelle genommen hatte.

»Du verdammtes Arschloch!«, stieß Sandra hervor und ihr Blick wanderte durch den Raum. »Du bist so feige, traust dich nicht mal, aus deinem Versteck zu kriechen.«

»Eile mit Weile.« Ein hämisches Lachen. »Wir haben Zeit. Aber ich kann dir versichern, dass du mich zu Gesicht bekommst. Mehr noch: Du wirst mich ganz dicht bei dir spüren.«

»Lass diese Spielchen, Matteo«, sagte Bernhard. Sandra war überrascht, wie gelassen die Stimme des Kommissars klang. »Es ist verständlich, dass du gegen mich oder Ferdinand Hass empfindest, aber lass zumindest die Frauen gehen. Was immer du dir in den Kopf gesetzt hast, am Ende wirst du doch ...«

»Du irrst dich, Bernhard«, unterbrach ihn Matteo und ein leises Kichern war zu vernehmen. »Ich hasse weder dich noch jemand anderen unter euch. Es ist nur so, dass ich die Angewohnheit habe, Aufgaben abzuschließen und Versprechungen einzulösen. Abgesehen davon, kennt ihr meine Neigungen. Die Frauen lasse ich bestimmt nicht gehen.«

»Du könntest zumindest …«

»Ich *kann* vieles. Was ich *will*, das ist entscheidend. Zudem hängt es von euch ab, wie die Sache zu Ende geht. Und jetzt lasst uns beginnen.«

Waldhütte bei Einöde zwölf
Freitag, 06. Juli, 17:45 Uhr

»Die Bewegungsmelder sind installiert«, meldete Simon, als er durch die Tür trat. »Niemand kann sich der Hütte unbemerkt nähern, ohne dass wir es mitbekommen.«

Jack blickte nicht auf. Er deutete auf die Anweisungen ihres Auftraggebers, die vor ihm am Tisch lagen. »Hast du dir das durchgelesen?«

»Nein, wieso?«

»Der vorletzte Absatz ist mir zuerst nicht aufgefallen.«

»Was steht dort?«

»Hier, lies selbst.«

Simons Stirn runzelte sich, als er den Text überflog. Dann erschien ein Grinsen auf seinem Gesicht. »Was hast du? Feuer ist doch etwas Schönes. Es wärmt und lädt zum Träumen ein.«

»Sehr witzig. Davon stand nichts in der Projektbeschreibung.«

»Na und? Damit muss man rechnen.«

»Auch in Österreich?«

»Wieso nicht? Nur, weil es hier eine funktionierende Demokratie und ein gefestigtes System gibt, bedeutet das nicht, dass der Wahnsinn nicht existiert. Und unser Klient ist definitiv durchgeknallt.«

»Ohne Zweifel.« Jack seufzte tief. »Ich frage mich nur, ob ich den Auftrag angenommen hätte.«

»Du willst doch keinen Rückzieher machen?«

»Nein, natürlich nicht.« Jack lugte zur Truhe in der Ecke. »Da sprechen einige Dinge dagegen.«

Es war eine Warnung. Freilich war es das. Das Buch von Hänsel und Gretel, dessen Titel nun *Simon und Jack* lautete, war nichts anderes als die nachdrückliche Empfehlung, ihren Auftrag zu erfüllen und nicht etwa mit dem bereits erhaltenen Geld Reißaus zu nehmen. Die Warnung war perfide und besaß durch den kindlichen, spielerischen Aspekt eine umso größere Wirkung.

Jack dachte nicht daran, den Einsatz abzubrechen. Oft genug war er an schmutzige Missionen geraten und hatte sie erfolgreich beendet. Aber es war wertvoll zu erfahren, dass ihr Auftraggeber wusste, was er wollte – und es auch bekam.

Helmholtz-Zentrum Potsdam, Institut für Erdbeben- und Vulkanphysik
Freitag, 06. Juli, 18:00 Uhr

Am späten Nachmittag konnte Lena zum ersten Mal etwas durchatmen. Zwischen den Besprechungen und Interviews hatte sie Dutzende Telefonate geführt. Jetzt kratzte ihr Hals, ihre Stimme klang heiser. Die Menschen um sie herum wirkten zunehmend hektisch und verunsichert. Wie Lena vernommen hatte, wurden die ersten Lebensmittelmärkte im Land gestürmt. Es konnte nicht lange dauern, bis Demonstrationen, Ausschreitungen und Plünderungen die öffentliche Ordnung gefährdeten.

Obgleich alles auf eine Eskalation zusteuerte, wurde Lena immer unbeschwerter. Sie ignorierte die ununterbrochenen Anrufe auf ihrem Smartphone, stellte das Gerät auf Vibrationsalarm und trat aus ihrem Büro ins Freie. Tief inhalierte sie die heiße, würzige Sommerluft, blinzelte zur Sonnenscheibe empor, die weit im Westen stand. Eine sanfte Brise strich um ihren Nacken. Unter den Bäumen des Parks hatte man den Eindruck, als wäre alles wie sonst, als bäumte sich die Welt nicht auf, um gleich einem wilden Tier ihre Klauen in die Zivilisation zu schlagen.

Verrückt, dachte Lena. *Ich sollte reagieren wie alle anderen, sollte nach Hause fahren und Vorräte kaufen.* Aber gerade das kam ihr nicht in den Sinn. Was immer geschehen mochte, Lena ahnte, dass es keinen Zweck hatte, sich mit Nahrungsmitteln einzudecken. Sofern man nicht längst vorgesorgt hatte, machte das keinen Unterschied.

Lena dachte an ihre Eltern, ihren Vater. Dreimal hatte er versucht, sie am Handy zu erreichen, dreimal hatte Lena nicht abgehoben. Sie wollte nicht seine Stimme hören, nicht den stillen Vorwurf darin, seine Bitte, dass sie nach Salzburg kommen sollte. Lena wusste, dass sie ihre Selbstbeherrschung verloren, alles hingeschmissen hätte und ohne Zögern in den Süden gebraust wäre. Aber das durfte sie nicht, noch nicht. Es gab Dinge, die sie erledigen musste, Dinge, die von großer Wichtigkeit waren;

und zwar nicht für sie, sondern für die Menschen um sie herum, die Bevölkerung dieser winzigen, blauen Kugel inmitten eines Universums, das zum Großteil nur aus einer Sache bestand: Schwärze.

Ihr Handy vibrierte. Es war Rolf.

Lena zögerte. Sie wusste, dass der Grund für den Anruf ihres Kollegen keine Lappalie war, ahnte, welch düstere Botschaft er für sie bereithielt. Sie wollte die Nachricht nicht hören. Aber sie musste.

Mit klammen Fingern führte Lena das Smartphone ans Ohr. »Ja?«

»Es hat begonnen. Yellowstone ist explodiert.«

NACHWORT

Zugegeben: Das vorliegende »Ende« des Buches ist ein wenig fies gewählt. Aber ich musste eine Trennung vollziehen, und an dieser Stelle erschien mir das angebracht. Aber weshalb überhaupt zwei Bücher? Wieso ist EINÖDE 12 nicht wie KABINE 14 und 13 GEBOTE als Einzelwerk erschienen? Es gibt drei Gründe. Einerseits wollte ich endlich den nächsten Band meiner Zahlenthriller-Reihe veröffentlichen. Daneben hat mich die Zweiteilung dazu gebracht, rasch weiterzuschreiben. Außerdem lag es am Umfang des Buches. Vermutlich wären es rund 500 Seiten geworden – mit einem entsprechend hohen Taschenbuchpreis. Deshalb kommt noch ein vierter (und letzter) Teil. EINÖDE 12 – NEUBEGINN erscheint voraussichtlich Ende 2017. Wer sichergehen will, dass ich meine Zeit nicht mit Däumchen drehen verschwende, kann mich zwischendurch gern ein wenig anstupsen.

Bedanken möchte ich mich vor allem bei drei Personen: Doris und Wendelin für ihr hilfreiches Feedback und Sandra für einfach alles. Außerdem muss ich den Gartenzwergen Franz, Hans und Sepp meinen Dank aussprechen – aber das ist eine andere Geschichte und soll ein andermal ... Sie wissen, was gemeint ist.

Weitere Bücher des Autors:

An drei Dingen ist nicht zu rütteln.
Erstens: Sohlenpeins Schuhe sind sehr geschwätzig.
Zweitens: Gartenzwerge schmecken hervorragend als Gulasch.
Drittens: Klabauter sind immer blau.

Professor Adalbert Heimlich ist ein Meister seines Faches. Seine Erkenntnisse zu Sinn und Unsinn sind ein wesentlicher Bestandteil der wissenschaftlichen Lehre. Als jedoch ein Gossentroll verschwindet, und mit ihm die Farben einer Straße in Hamburg, steht auch der Sinngelehrte vor einem Rätsel. Gemeinsam mit Universalpräfekt Georg Zimperlich, seinem Assistenten Zumpfal und Doktor Tina Morgen (die bis zum Abend schläft, aber sicher kein Vampir ist) macht er sich auf die Suche nach dem fiesen Farbendieb.

Inklusive exklusivem Rezept für ein Gartenzwerggulasch!

PROFESSOR HEIMLICH und die Farbenleere
(Fantasy-Krimi-Satire)

Verlag ohneohren | 2016
ISBN: 9783903006805

»Mein Name ist Raphael. Ich bin äußerlich menschlich, tatsächlich aber ein Vampir. Ein Erzvampir, um die Dinge beim Namen zu nennen. Sie denken, die Menschen sind die Krone der Schöpfung? Falsch gedacht! Wir Erzvampire lenken das Schicksal der Welt, wurden bereits vor Jahrtausenden als Hüter des Gleichgewichts ernannt – und das aus gutem Grund. Manche Unsterbliche kennen nur die Sprache der Gewalt. Andere treibt die Gier nach Macht in den Wahnsinn. Einige schrecken auch nicht davor zurück, Weltkriege zu entfesseln. Und vom drohenden Zeitenwandel will ich gar nicht erst anfangen. Ich sehe schon, so wird das nichts. Also alles der Reihe nach.«

Persönlich und pointiert erzählt RAPHAEL von epischen Feindschaften, skurrilen Begebenheiten, sinnlichen Momenten und räumt mit allen Vorurteilen gegenüber Blutsaugern auf. Denn in Wahrheit sind Erzvampire vor allem eins: Die Beschützer der Menschheit ...

RAPHAEL – Der Zeitenwandel
(Fantastik, humorvoller Vampirroman)

Books on Demand | 2015
ISBN: 9783739218571

Markus hat kein leichtes Leben. Seine Exfreundin tyrannisiert ihn, sein bester Freund will ihn mit einer Klassenkameradin verkuppeln und sein Bruder lässt keine Gelegenheit aus, ihn zu demütigen. Dennoch könnte Markus ein gewöhnlicher 17-Jähriger sein, wenn da nicht sein wiederkehrender Traum wäre. Darin schlüpft er in die Rolle eines Soldaten und durchlebt mit ihm eine episch-fantastische Schlacht. Beim Erwachen weist er dieselben Verletzungen auf wie der Krieger.

Als der Schulbus mit einem unbekannten Wesen kollidiert, ein Brand die Schultoiletten verwüstet und eine geheimnisvolle Sekte auftaucht, wird Markus klar, dass seine nächtlichen Visionen weit mehr sind, als bloße Träume. Gemeinsam mit seinen Freunden bleibt ihm nichts anderes übrig, als sich seinem Schicksal zu stellen – denn inzwischen steht nicht nur sein Leben auf dem Spiel, sondern die Existenz einer ganzen Welt ...

DER RISS – Träume
(All Age Urban Fantasyroman)

Books on Demand | 2015
ISBN: 9783738617375

KABINE 14 (Thriller)
nominiert für den
Friedrich-Glauser-Preis 2014
Sparte "Debütroman"

Berenkamp Verlag | 2013

ISBN: 9783850933070

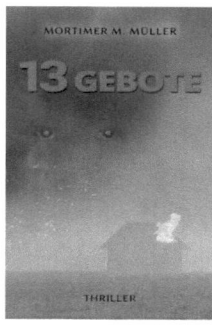

13 GEBOTE (Thriller)
kann als Einzelwerk oder
Nachfolgethriller zu KABINE 14
gelesen werden

Books on Demand | 2015

ISBN: 9783734756085